아침 일곱 시에 쓴 시도 있어요

아침 일곱 시에 쓴 시도 있어요

ⓒ강세환, 2022

1판 1쇄 인쇄__2022년 11월 01일
1판 1쇄 발행__2022년 11월 10일

지은이__강세환
펴낸이__양정섭

펴낸곳__경진출판
  등록__제2010-000004호
  사업장주소__서울특별시 금천구 시흥대로 57길 17(시흥동) 영광빌딩 203호
  전화__070-7550-7776 팩스__02-806-7282
  홈페이지__https://mykyungjin.tistory.com
  이메일__mykyungjin@daum.net

값 10,000원
ISBN 979-11-92542-08-9 03810

강세환 시집

아침 일곱 시에 쓴 시도 있어요

경진
출판

차례

제1부

제2부

제3부

제4부

작가 인터뷰

시는 무(無)목적적인가?

○이번 시집은 몇 번째 시집인가.

　열한 번째 시집.

○인터넷 포털에 보면 열두 번째 시집이 출간됐다고 뜨던데 어떻게 된 것인가.

　열두 번째 시집을 먼저 내면서 곧 이어 열한 번째 시집도 출고 될 거라고 사전에 밝혀놓았다.

○그래도 오피셜하게 정리한다면 시집 출간일이 기준이 되는 것 아 닌가.

　아니다. 열한 번째 시집보다 열두 번째 시집을 먼저 인쇄했을 뿐 이다. 그 시집의 직접적인 배경인 대선 경선 정국 등 시의성을 고 려하지 않을 수 없었다.

시와 노트북 키보드 앞에서만

○잠깐만, 그럼, 지난 해 나온 열두 번째 시집 작가 인터뷰 중에서 독자들을 위해 그 부분만 여기서 그대로 인용해 보겠다. "여러 사정상 이 시집이 열한 번째 시집보다 약간 앞에 나오게 되었다. 물론 열한 번째 시집도 곧 출간될 것이다. 특별한 것은 아니고 이 시집은 이 국면에서 출루(出壘)해야 하고 또 그런 불가피한 지점이 있었다."

고맙다. 그 시집에 대한 백 브리핑 같다.

○이 시집의 인터뷰 분위기를 위해 조금만 더 친절하면 안 되겠는가.

직장 다닐 땐 어림없는 일이었지만 퇴직하고 나선 시와 노트북 키보드 앞에서만 친절할 뿐이다. 내가 지속적으로 집중하고 있는 이 일만 해도 더 이상 여력이 없다. 오직 그곳에서만 친절하고 전력투구할 뿐이다. 어제는 좀 특별한 날이었지만 오전 10시 반부터 밤 9시 반까지 노트북 앞에 있었다.

○어떤 일로 특별했다는 것인가.

시에 대한 사유(思惟) 중심으로 자전적 성격의 산문집을 준비하고 있다. 산문집 한 권이 200자 원고지 1,000매 분량 될 것 같다. 올해는 이 산문집에 많은 역량을 쏟고 있다. 그리고 또 이쪽 분야는 결코 친절한 성향이 아니다.

○혹시 노트북 두 대 쓰고 있는가.

아니다. 노트북 하나 두고 시도 쓰고 산문도 쓴다. 이동 중에는 스마트폰 메모장을 이용한다.

시는 시인의 가슴을 두 번 두드리지 않는다

○근데 혹시 피서 다녀왔는가.

올 여름엔 늦은 시각 도봉구청 앞 중랑천 돌다리 위에 앉아 있다 보면 천하의 피서지가 따로 없다는 생각이 종종 들곤 했다. 돌다리에 앉아 물소리 들으면 잠시 수행자가 된 것 같다. 시는 휴가가 없다. 또 가볍게 얘기하면 장병들은 무더위에 좀 쉬어도 되겠지만 장수는 더워도 추워도 쉴 사이가 없다. 시원한 호프 한 잔도 장병들끼리 나누는 것이지 장수는 술 한 잔도 마음 놓고 마실 수가 없다. 차마 어려운 일이지만 한밤중에도 누군가 병원 문을 두 번 두드리지 않도록 늘 선잠을 잤다는 남수단의 이태석 신부님을 보라. 아무나 성자가 되는 게 아니다. 〈울지마 톤즈〉―다큐 다시 보기 강추. 하나 더 덧붙이면 아무리 가수가 많아도 아무나 가수가 되는 게 아니다. 아무리 시인이 많아도 아무나 시인이 되는 게 아니다. 아무리 장수가 많아도 전쟁 끝나고 보면 아무나 장수가 되는 게 아니다. 그러나 또 아무나 가수가 되고 아무나 시인이 되고 아무나 장수가 된다. 더 이상 옳고 그른 것을 논할 수가 없다. 낙관이 어느새 비관으로 크게 바뀌었다. 서글프지만 그런 서글픔을 안고 사는 것도 세상이고 인생이 아니겠는가. 그런 게 또 어디까지나 시의 세계가 되는 것 아닌가. 시는 시인의 가슴을 두 번 두드리지 않는다.

○수행도 하는가.

수행은 무슨 수행. 앉아 있다 보면 잠시 착각할 때가 있다. 이번 시집은 무엇보다 정색하고 싶지 않았다. 그냥 생활 속에서의 발견 같은 것이었다.

○이 시집에 관한 셀프 리뷰 같다. 아 그리고 포털에 검색하면 지난해 거의 같은 시기에 시집 두 권이 출간되었다고 뜬다. 어떻게 시집 두 권을 동시에 출간할 수 있었는가.

어떻게 아니라 그렇게 되었다. 합본이라도 하면 좋았을 텐데 트랙이 달라 두 권을 동시에 출간할 수밖에 없었다. 열 번째 시집과 앞에서도 말한 열두 번째 시집이 그렇게 손잡고 나왔다. 아마도 아무도 모를 것이다. 열 번째 시집은 그래도 사이드에서 들은 바도 있었지만, 열두 번째 시집은 사이드는커녕 문자 한 줄 받은 적도 없다. 그러나 시는 과거를 돌아보지 않는다. 글구 나는 이미 그 시집에서 빠져나왔다. 나는 그 시집으로 다시 돌아갈 수도 없다. 그런 것도 해방이고 자유다. 어제의 시는 오늘의 시가 아니다. 힘주어 말할 정도는 아니지만 내 시가 될 수 없는 어제의 시보다, 아직 도착하지 않은 오늘의 시를 기다릴 뿐이다. 시를 기다리는 시

간이 시의 시간일 것이다. 그러나 시는 없다. 내 것도 없지만 네 것
도 없다.

덧없음과 침묵의 어긋남

○앞의 시집 '시인의 말'에서 인용하면 "시는 입을 크게 벌린 침묵에 가
까울 텐데, 시인은 어떤 나무처럼 외로움에 가까울 텐데… 시는 침묵하
지 않았고 시인은 외롭지 않았다".

　시는 침묵도 외로움도 아니다. 결국 시는 침묵도 외로움도 무너
뜨리는 것이다. 다만 그 침묵은 입을 크게 벌린 침묵이었을 것이
다. 덧없는 침묵이라고 한다면 너무 나간 것일까. 아님 침묵의 덧
없음이라고 해야 할까. 덧없음과 침묵의 어긋남이라고 하면 좋을
것 같다.

○그 앞의 시집도 이번 기회에 간단한 소회를 피력하면 좋겠다.

　소회 없다. 그 시집도 이미 어제의 시가 되었다. 독자에겐 과거
가 없겠지만, 시인 입장에선 그 시집은 또 과거가 되었다. 암튼 짧
게나마 소회 피력하면 혼자 북 치고 장구 친, 그야말로 김종삼에
대한 일종의 '헌정 앨범' 같은 것이다. 낯간지럽지만 한 개인이 혼
자 도맡아 한 일이다.

○어느 여성 시인이 시집 뒷부분 시인의 산문을 읽던 중 어느 부분에선 밑줄도 그었다고 들었다.

작년엔 김수영, 김종삼 탄생 100주년이었다. 100년을 기념하는 행사가 몇 차례 있었다고 들었지만 나는 두 선배 시인의 기념사업회 회원도 아니고, 두 시인의 문학연구회 소속 정회원도 아니다. 문학에 눈을 뜨고 나서 또 두 시인에 대해 눈을 뜬 것 같다.

○좀 다른 말이지만 김수영, 김종삼을 최애하는 이유가 무엇인가.

그들이야말로 한국 현대시의 정점 아닌가. 김수영을 뛰어넘은 시인은 누구인가. 없다. 김종삼을 뛰어넘은 시인은 누구인가. 없다. 정점은 바로 그런 것이다. 그렇다고 김수영이나 김종삼 이후 시인이 없다는 말은 아니다. 오해의 소지가 있겠지만 오해하지 않기를 바란다. 다만, 나부터 이제 한국 시는 그들로부터 벗어나야 한다. 어쩌면 이미 벗어났는지도 모를 일이다. 나도 벗어나기 위해 그 '헌정' 시집을 급하게 묶었는지 모른다. 시는 뿔뿔이 흩어져 각자 도생의 길을 가고 있다. 어디서 무엇이 되어 다시 만나지 않을 것이다.

○각자 도생은 무슨 뜻인가.

각자 도생은 독자 노선이라는 뜻이다. 다들 안가(安家) 같은 캠프 하나씩 갖고 사는 것 아닌가. 사는 것을 쓰는 것으로 정정하겠다. 시인은 시를 쓰는 순간도 시인이고, 시를 쓰지 않는 순간도 시인인 셈이다. 시가 멈추지 않듯이 시인도 멈추지 않을 것이다. 다 허전한 제 가슴 움켜쥐고 사는 것이고 또 쓰는 것이다. 하루하루 시의 연속이고 하루하루 삶의 연속일 뿐이다. 하루하루의 삶이 곧 하루하루의 시일 것이다. 아니다 거꾸로 말한 것 같다. 하루하루의 시가 곧 하루하루의 삶일 것이다. 시도 삶도 그 경계가 무너졌다. 시의 역사도 삶의 역사도 무너졌다. 대내외적으로 전혀 새로운 시대가 다가오고 있다. 시의 탓도 있겠지만 시가 견딜 수 있는 시대가 아니다. 시는 어디 있는가. 오히려 차라리 시를 쓰는 게 아니라, (시도 아니고 시 같은 시도 아닌) 시 아닌 시를 써야 할지도 모른다. 반항도 아니고 저항도 아니다. 불안하지만 황홀에 가까울 것이다. 어쩌면 시 아닌 시가 아니라, 시 없는 시를 써야 할지도 모른다. 시는 픽션에 가깝지만 삶은 픽션이었다가 어느 새 또 논픽션에 가까울 것이다. 그렇다고 슬픈 것도 기쁜 것도 아니다. 딱히 이유가 있는 것도 아니다. 다른 건 몰라도 시의 삶이든 시인의 삶이든 조금씩 헛사는 것이다. 시는 헛하게 쓰는 것이다.

○잠깐, 헛하다가 핫하다로 읽혔다.

시의 세계는 부단히 헛하고 또 헛한 것이다. 또 매달 또는 계절마다 쏟아지는 시를 보면 시가 없는 것도 아니고, 시가 있는 것도 아니다. 여기서 내가 왜 목소리를 높였는지 모르겠다. 삶에도 놓치지 말아야 할 삶이 있고, 시에도 놓치지 말아야 할 시가 있다. 그래도 어긋날 때가 더 많을 것이다. 시는 만남이 아니라 헤어짐의 장르다. 시는 소통하는 게 아니라 불통하는 것이다.

시는 어디 있는가

○시는 어디 있는가.

　내가 묻고 싶은 말이다. 시는 책상머리에 앉아 있는 것도 아니고 머리맡에 놓아두는 것도 아니다. 시는 저 나무처럼 길가에 서서 리어카를 바라보거나 느린 걸음 하는 행인을 바라볼 것이다. 시는 또 늦은 밤 포차에서 사채 때문에 쫓기는 자의 등 뒤에 있거나 1호선 가산디지털단지역에서 '물밀듯이 밀려가는' 환승 대열에 끼지 못하고 아직도 그 줄 밖에 서 있을 것이다. 또는 북아프리카 어느 움막집 옆에 서 있거나 춘천 시외버스 터미널에서 막차를 기다리고 있을 것이다. 그 막차를 또 놓치고 싶을 것이다. 삶이 드라마보다 더 드라마틱할 때가 있다.

○마치 이번 시집에 대한 일단의 소회 같기도 하다. 시인의 시선이 이미 확 느껴지는 것 같다.

　시는 시선이다. 시의 시선은 빛보다 빠르고 급하다. 그리고 그 빛은 시인의 감수성에 의해 다시 폭발할 것이다. 그러나 또 아무리 크게 폭발하여도 언제나 풀 죽은 패배일 것이다. 외람되지만 이 무더위를 견디며 한여름을 버티는 소상공인 또 자영업자들의 뜨거운 생과 같다. 시의 시선은 또 그곳에 있을 것이다. 시는 잘

맞아서 담장을 넘어가는 홈런 볼도 아니고, 우중간을 쏜살같이 날아가는 안타도 아니다. 시는 잘 날아가다 툭 떨어진 파울 볼 같은 것이다. 어쩌면 두 번 다시 속지 않으려고 애쓰는 하위 타선의 타자와 같은 심정이다. 시의 공은 인간을 향하고 있었다.

○시는 무(無)목적적인가?

그렇다. 자리를 바꾸어 앉아야 할 것 같다. 시는 도착할 곳도 없고 굳이 도착할 일도 없다. 무슨 드라마처럼 결말을 그럴 듯하게 드러낼 것도 아니다. 그렇고 그런 결말 따위조차 기대하지 마라. 오죽하면 시는 무(無)목적적이며 무(無)결말이라고 하지 않던가. 시와 삶의 경계는 무너뜨렸지만 시와 산문의 경계는 무너뜨릴 수 있는 게 아니다. 이미 다 무너뜨렸는가.

막간에

○막간에 '외국 시집엔 뒤에 붙이는 해설이나 사설 같은 것 없다'고 들었다.

나도 들었다. 그래서 이 출판사 시선은 인터뷰를 게재하는 것 아닌가. 그것도 뒤에 붙이는 게 아니라 아예 앞으로 끄집어냈다는 것 아닌가. 얼마나 시원한가. 이 세상에 고정된 것은 없다. 시집의 포맷이든 축구 국가대표팀의 포메이션이든 고정된 것은 없다. 시는 모범적인 것도 아니고 고정된 것도 아니다. 차라리 어디선가 누구로부터 억울하게(?) 추방당한 것이다. 아니면 적어도 스스로 정신적으로나마 이탈하고 일탈하고 탈선하는 것이다. (한국사회는 어떻게 보면 도덕적인 것은 한층 더 도덕적이어야 하고, 통폐합하거나 아예 폐기하거나 대폭 축소할 것은 또 그렇게 조속히 해야 할 것 아닌가. 그리고 공적 영역에서는 언제 어디서든 공적 논의 과정이 투명하게 이루어져야 한다. 또 그 공적 토론 과정에서 반론이 허용되지 않는다면 그 사회는 말 그대로 죽은 사회가 되는 것 아닌가. 곳곳에 의인 같은 쓴소리가 있어야 하는 이유도 그런 것 아닐까.)

○그렇게 할 말이 많은가.

아니다. 그렇다. 앉아 있다 보면 할 말이 없어도 말할 때가 있지 않은가. 나는 결코 스피커가 아니다. 하루에 한 번은 스피커가 되어야 하는 정당 대변인도 아니고 중앙정부 부처 대변인도 아니다. 나는 앞에서 언급한 일련의 산문집을 통해 발언할 것이다. 작가는 말로 혹은 발로 하는 게 아니라 글로 하는 직업군이다. 그러나 작가야말로 스피커인 셈이다.

○열두 번째 시집에서 폭발했던 사회적 정치적인 사안에 대해 여전히 관심을 갖고 있는가.

그렇다. 인터넷이나 스마트폰에 뜬 각종 사회적인 또 정치적인 이슈에 대해 대충 넘어가지 않는다. 비록 일일이 타이핑하지 않지만 여러 사안과 마주칠 때마다 우선 문제 제기부터 하는 편이다. 다만 내가 할 수 있는 것은 대체로 거기까지다.

○신작시 발표한 적 언제였던가.

작년에 『창작과비평』 봄호에 「이런 근현대사」 외 1편 발표했고, 올해 『공정한 시인의 사회』 7월호에 「이 노래 끝나면」 1편을 발표했다. 그리고 참고로 이번 시집은 전부 미발표 신작이다. 시집 내는 것도 기쁜 일이지만 신작을 통째로 발표한다는 것은 더 기쁜 일이다. 청탁이 들어오지 않아도 버틸 수 있는 힘은 그런 것이다. 일종의 개인적 자존심이다.

○아침형인가.

야간형이다.

늦바람 산책길

○시 이외 하는 일이 있는가.

없다. 있다. 일 끝나면 산책한다. 그것도 저녁 혹은 늦은 밤 산책이다. 밤 10시 넘어 나선 적도 많다. 이번 시집엔 빠졌지만 밤 산책에 관한 시도 있다. 퇴직 이후 얻은 즐거움 중 아주 큰 기쁨이다.

○산책 코스는 어딘가.

중랑천 세월교에서 의정부 호장교 아래까지 갔다가 천천히 되돌아오는 길이다. 갈대밭도 있고 알맞게 늘어진 능수버들 두어 개 있는 길이다. 텅 빈 장암행 밤 전철도 지나가고 뜬구름도 지나가는 곳이다. 멀리 도봉산 천축사도 망월사도 낯익은 원통사도 보일 듯 말 듯 하다. 이 산책로를 야반도주 길이라 했다가 그냥 혼자 '늦바람 산책길'이라 부르며 다니고 있다. 여름날 도봉 노을도 일품이다. 조깅이랄 것도 없지만 가끔 조깅 비슷한 것도 한다. 1킬로미터를 6분에 주파할 때도 있다. 천천히 뛴다는 말이다. 나로선 매우 진일보한 셈이다. 나는 고교 체육시간에 단 한 번도 운동장에 나가 본 적이 없다. 체육시간이면 나무 그늘에 앉아 개똥철학이나 이따금 시국 토론을 일삼았다. 체육 쌤은 대놓고 '너는 가야 가!'라 했었고 나중에 보니까 체육은 언제나 가! 투성이었다. 그래도 지금은 '가'는 아닐 것이다. 일단 나무 그늘에 앉아 있지 않고 늦은 밤이라도 필드에 나가 몸을 움직이고 있지 않는가. 너무 사적인 말을 한 것 같다.

낮에는 지하, 밤에는 종삼

○재미있다. 그렇다면 이번엔 문학적인 이력을 듣고 싶다. 과연 어떤 것이 있었는지 궁금하다.

문학에 눈을 뜨고 나서 곧이어 고등학교 2학년 때 소위 유신헌법이 공표되었다. 돌아보면 정치적인 문제에 대해서도 거의 같은 시기에 눈을 뜨게 되었다. 교과서 뒤에 부록으로 붙어있던 멀 쩡한 헌법 편을 뜯어내고 유신헌법을 갖다 붙이면서 1학기 때 배운 삼권 분립에 대해 혼란을 겪었다. (좀 다른 말이지만 대입 예비 고사 결과 후 고3 담임 쌤과 진학 상담하기 전, 상담 카드 제1지망 대학 및 학과에 K대 법대라고 써서 제출했다. 담임 쌤은 즉각 K교대와 다른 K대 법대를 권했다. 어린 마음에 그냥 가방 들고 돌아서 나왔다. 그 후 종로 일대에서 재수하면서 고생도 하고 방황도 했었다.) 그리고 또 세월이 흘러 어느새 음울한 청년이 되어 있었다. 또 어디서 했던 말이지만 '낮에는 지하를 읽고 밤에는 종삼을 읽는' 날도 많았다. 이런 것도 나의 문학적 배경이나 이력이 되었으며 또 문청 시절 피할 수 없는 나의 두 얼굴이었다. 그 무렵 술 덕분에 어떤 삶과 문학을 살아낸 적도 있었다. 문학이든 삶이든 '온몸으로 동시에 밀고 나가는 것'뿐만 아니라 '온몸으로 동시에 뚫고 나가야 하는 것'만 같았다. 삶이든 시든 시대든 누구나 자기 앞의 장벽을 뚫고 나가는 것이다. 약간 들떠서 말한 것 같다. 다시 김준오 교수처럼 말하면, 시인은 정서나 관념의 노예가 아니라 그 위험한 재료를 '다스리는' 사람이다.

○요새도 술 하는가.

안 한다. 달포 전 화진포 위 마차진 콘도에서 소맥 몇 잔 했다. 술을 다스릴 수 있는 것만 해도 어떤 관념이나 정서를 다스릴 수 있을 것이다. 그러나 실은 술을 다스리는 게 아니라 술을 다스릴 수 없는 나이가 되었다. 술을 이길 수가 없다. 몇 해 전 술한테 한두어 번 대패하고 나니까 오히려 술이 알아서 피해 다니는 것 같다. 술이 술친구를 다스린다는 뜻이다. 알게 모르게 술도 내 뒤를 알아봤다는 것이다. 술은 멀어지고 시는 더 가까이 다가온 것 같다.

작가회의 그리고 창비 서자

○ 등단 이후 문학적 배경이나 이력은.

마포 용강동 『창작과비평』이 문학적 친정이고 등단과 동시에 곧장 작가회의에 가입했다. 농담 같지만 등단 직후엔 주변에서 '강창비'라 불러주곤 했는데 요 몇 해 전 어느 가까운 문우는 '창비 서자'라고 부르더라. 세상도 변했지만 세월도 변했다는 것이다. 또 휴대폰도 없던 시절에 어떻게 연락망이 잘 되어 있었는지 작가회의 거의 모든 행사를 쫓아다녔다. 그때는 작가회의 사무실에서 오라면 오고, 가라면 가던 시절이었다. 정말 많은 작가들을 만났고 많은 술을 마셨다. 책으로만 보던 선배 시인들과 같은 술집에 있었던 날은 다음날 아침까지 그 설렘이 가시지 않았다. 작가회의 술자리는 끝이 없었고 가급적 중간에 빠져 나오지 않고 끝까지 마셨다. 어느 날 밤에는 중간에 한 둘씩 빠져나가더니 새벽녘엔 결국 어느 선배 작가와 단 둘이 남은 적도 있었다. 그 선배는 강릉 경포 바닷가와 보현사와 어느 산승의 법력에 대해 끊임없이 쏟아냈다. 아무도 알아주지 않지만 나로선 작가회의 그리고 창비

와 관련된 젊은 날의 동선과 에피소드가 그 어떤 문학상보다 더 든든한 배경이 되었고 큰 이력이 되었다.

○지금 무슨 생각하는가.

　시가 막 지나가는 것 같다. 시가 슬쩍 돌아보면서 시가 뭐냐고 묻는 것 같다. 내가 쫓아가서 시가 무엇인가 하고 되묻는 것 같다. 그는 내게 묻고 나는 그에게 묻고 있는 셈이다. 마치 노상에서 행인을 붙잡고 어디로 가는 길이냐고 묻고 있다. 시의 얼굴이 핼쑥하다. 시가 가지고 있던 그 의미든 무의미든 동반 하락한 것 같다. 그리고 꼬리를 물던 생각 하나 더, 시든 삶이든 억압하지 말자. 여유 좀 챙기자. 방금 지인과 마주앉아 김밥을 먹었다. 나는 두 줄, 지인은 한 줄, 근데 지인 김밥은 반 정도 남았는데, 나는 벌써 다 먹고 일어섰다. 먹는 게 아니라 먹어치웠다는 말이 튀어나올 뻔했다. 글 쓰다 중간에 점심이라도 먹게 되면 서두르지 않을 수가 없다. 노트북 앞에 두고 사는 일이 늘 그렇다.

○급하게 묻는다면 이번 시집에서 어깨 툭 치는 혹은 옆구리 쿡 찔러주는 시가 없을까. 잘 쓴 시 말고 좋은 시 그런 것 말고 독자 입장에선 36도 넘는 폭염 때문인지 그냥 시원한 시 한 편 읽고 싶다. 어렵지만 시 한 편 뽑아줄 수 있는가.

　왜 시 한 편만 뽑으라고 하는가. 그러나 정말 되묻고 싶다. 독자 입장에서 시원한 시 한 편 뽑아주면 안 될까. 내 입장에선 한 편만 뽑을 수가 없다. 단호히 거절할 수밖에 없다. 이것은 까칠한 것도 급한 것도 아니다. 비유가 적절한지 모르겠지만 앞바다에서 방금 잡아온 문어를 또 급하게 삶아 달라고 하면 어떡하겠는가. 오히려 당신이 시원하게 한 편 뽑아주면 고마울 것 같다. 시인은 시를 돌아보지 않고, 시는 시인을 돌아보지 않는다. 시인은 얼굴 없는 가수와 같다. 얼굴 내밀 일이 별로 없다. 마이크 넘기겠다.

아티스트의 삶

○가끔 놀라운 일이지만 아티스트는 감수성을 먹고 살지만 촉으로 먹고 살 때도 많은 것 같다. 그 촉이 아주 뾰족한 바늘처럼 날카롭고 또 급한 것 같다.

아티스트는 뾰족한 바늘 같은 촉이나 감수성보다 자기 장르에 대해 미친 듯이 집중하고 대가없이 헌신하는 것이다. 춥고 배고픈 것도 모르고 순간순간 집요하게 또 집중할 뿐이다. (그라운드에 서있는 프로 축구팀 감독의 눈빛을 보라. 그 눈빛은 어떤 전략 전술보다 집중력의 화신 같을 때가 많다. 또 어느 집단이든 리더에게 요구되는 것도 이런 집요한 집중력이다.) 물론 아티스트의 삶은 감독의 삶도 리더의 삶도 아니고 더구나 성실한 샐러리맨의 삶도 아니다. 아니다. 아티스트의 삶과 샐러리맨의 삶은 다르지 않다. 밥 먹을 땐 밥 먹고, 호프 한 잔 할 땐 한 잔 하고, 산책할 땐 산책하고, 다 똑같은 데도 뭔가 조금씩 어긋나고 또 조금씩 트랙이

다를 뿐이다. 그 세계가 그렇다는 것이다. 끝없는 때론 불운한 그 열망만이 그들을 빛나게 하리라. 그렇다 해도 시는 박수갈채와 거리가 먼 장르다.

○이 말 끝에 이 시집에서 생각난 시 한 편이 생겼다. 질문자가 스피커가 된 것 같다. 양해 말씀 먼저 드린다.

"나는 당신처럼 새벽 네 시쯤 일어나/ 네댓 시간씩 책상 앞에 앉아 글을 쓴 적이 없다/ 오래 전 수능 감독 때 빼곤/ 새벽 네 시쯤 잠을 깬 적도 없었다/ 새벽 네 시// 그러나 나도 당신처럼 글을 쓰는 동안/ 그 집중력 때문에/ 내 삶이 오롯이 존재할 수 있었을 것이다/ 그 집중력 흐트러지면/ 내 삶도 무너지고 흐트러졌을 것이다// 그런 집중력 하나하나가 내 시가 되었을 것이다/ 나도 언젠가 새벽 네 시쯤 일어나/ 책상 앞에 앉아 여명 같은 시를 쓰고 싶다/ 그리고 하루종일 뻗어 있을 것/ 시가 어떤 시론보다 집중력일 때가 있다/ 긴장하거나 불안하지 않은 집중력/ 외로울 때 더 집중하던 집중력의 황홀"(「집중력」 전문)

아름다운 거절

○이제 시 한 편 꺼낼 것도 같은데

그냥 제목만 말하겠다. 2년 전 이래저래 어수선했던 코로나 시국 때 더구나 남의 나라 얘기이기 때문에 마음이 복잡했던 시다.

그러나 주방장이 손님들 테이블 사이로 왔다 갔다 하면 되겠는가. 주방장은 주방에 있어야 하고, 손님은 테이블 의자에 앉아 있어야 하지 않을까. 이거 꼰대 짓 아닐까. 꼰대가 아니라고 항변해도 이미 이 인터뷰에서 꼰대의 꼬리가 밟혔을 것이다. 나도 꼰대가 되고 말았다. 그렇다, 이미 세대는 교체되었고, 세대는 또 교체될 것이다. 여기선 세대나 시대가 같은 말일 것이다. 노병은 이미 사라졌고, 노병은 천천히 더 사라져야 할 것이다. 그럼에도 불구하고 우린 왜 이런 비슷한 인물이 없다는 걸까. 이를 테면 고위 공직자가 퇴임하면서 모든 예우를 다 뿌리쳤다는 것이다. 두 주먹을 무릎 위에 가볍게 올려놓고 환하게 웃고 있는 퇴임식 사진을 보라. 이제 그 시 얘기는 다한 것 같고, 주방을 벗어난 것 같아 돌아서야 하겠다. 이번엔 내가 양해의 말씀을 드린다. 제1부 앞쪽에 있을 테니 금방 눈에 띌 것이다. 이왕 말이 나온 김에 주방일도 하고 테이블 사이도 왔다 갔다 해야 하는 1인 2역, 1인 3역 하는 이 땅의 자영업자들을 위한 시는 없을까 생각해 보았다. 잠깐 마이크 끄고 한 번 찾아보자. 다음 시집에 들어갈 초고 하나 있는데…

○기어코 찾아내고 말았는가. 근데 무슨 말을 하고 싶은가. 혹시 무슨 말을 듣고 싶은가.
　내가 하고 싶은 말이다. 무슨 말을 하고 싶은가. 혹시 무슨 말을 듣고 싶은가.

출가 나이

○시는 망했다고 하던데 시는 전혀 망하지 않은 것도 같다. 시가 허구라면 시가 망했다는 말도 허구 같다는 생각이 든다.

어디서 듣고 하는 말 같은데 아무 앞에서나 하고, 아무 앞에서나 떠들 말이 아닌 것 같다. 시 앞에서는 자기 생각을 주관적으로 말할 줄 알아야 한다. 아님 조용히 듣든가. 아님 그냥 얌전하게 앉아 있든가. 어느 직종이든 나이 다 먹고 나서 하는 게 아니다. 그럴 바에야 나이 더 먹고 나서 하지 않는 게 낫다. 옛 직장에서 좀 이른 나이에 귀촌한다면서 직장을 그만 둔 후배를 보고 놀랐지만 지금 생각하면 노후를 보낼 게 아니라면 그 나이에 귀농하는 게 맞다. 어느 종단에선 출가 나이를 제한 한다고 들었다. 예전엔 40이었는데 50으로 바꿨다고 한다. 시는 고정된 관념이나 통념을 벗어나야 하겠지만 주체적인 독립적인 사유가 또 전제되어야 한다. 암튼 어느 업계든 좀 더 일찍 입문해야 한다. 그 바닥에서 닳고 닳아도 제대로 닳고 닳기가 어렵다. 긴 무명의 설움을 견딜 줄도 알아야 하고 버틸 줄도 알아야 한다. 그리고 시인은 또 무모하고 허황된 삶을 살아낼 줄 알아야 한다.

○마치 어떤 사람을 앞에 두고 말하는 것 같다. 염두에 둔 것인가. 아님 어떤 강의실에서 말하는 것 같다.

그렇다.

○다음 시집을 준비하고 있는가.

그렇다. 생각보다 많은 시를 묶어야 할 것 같다. 볼륨이 좀 돼도 그냥 갈까 한다. 아마도 간만에 풀 스윙해야 할 것 같다. 이런 것도 작가의 독립적 판단이다. 시는 긍정적인 것보다 부정적일 때 싹튼다. 소파에 앉아 있을 때보다 딱딱한 의자에 앉아 있을 때가 많다. 딱히 그 이유를 찾지 마라.

○그동안 사회적 당면 문제에 대해 오랫동안 고심이 많았던 것 같다. 중요한 것은 지속적이라는 점이다. 옆길로 새지 않은 그 포인트가 매우 중요하다.

포인트 점수 좀 주면 안 되나. 아니다. 이를 테면 국회 관련 상임위 소속도 아닌데…. 근데 가만, 내 말을 당신이 하고 있다. 당신은 도대체 누구인가.

어느 시인의 말

○인터뷰어도 한때 이 말은 김수영의 것이라고 생각했었다. 그러나 박인환의 것이었다. 한번 읽어보겠다. "시를 쓴다는 것은 내가 사회를 살아가는 데 있어서 가장 의지할 수 있는 마지막 것이었다. 나는 지도자도 아니며 정치가도 아닌 것을 잘 알면서 사회와 싸웠다."(박인환)

나도 할 말 있다. 김수영이라고 주석까지 단 적 있었는데 몇 해 전 박인환의 말이란 걸 알았다. "나도 지도자도 아니며 정치가도 아닌 것을 잘 알면서 사회와 싸운 것 같다." 앞으로도 또 그렇게 살아야 할 것 같다. 이를 테면 당면한 사회적 현안에 대해 외면하지 못할 것 같다. 그럴 때마다 나는 누구인가 묻고 또 묻는다. 시는 무엇인가 묻고 또 묻는다. 그리고 잊지 마라. 무엇보다 시인은 또 고뇌하는 사람이거늘!

○이념인가 신념인가.

세상사가 그렇다는 것이다. 이념도 신념도 다 무너진 세월을 지켜보고 있을 뿐이다. 그리고 이런 것도 어떤 인식과 태도의 문제라고 할 수 있다. 더구나 시와 삶을 따로 뚝 떼어놓고 글을 쓸 수 없다. 시는 내 삶을 바라보고, 삶은 내 시를 바라보는 것만 같다. 서로 마주보며 침묵만 주고받을 때도 있다.

○끝으로 문청시절 에피소드 있으면.

어느 날 저녁 무렵 꽤 넓은 식당에서 친구들과 술 마시다가 혼자 일어나서 〈아침이슬〉을 목이 터져라 불렀다. 지금 생각하면 식당에서 당장 내쫓아도 할 말 없었을 것이다. 1970년대 끝자락 강릉 시내 어느 음식점이었다. 원 키를 벗어난 〈아침이슬〉과 저녁 식사 자리를 크게 어지럽혔지만 덤덤히 눈감아주던 그 인정과 정경이 생각난다.

○한 폭의 시 같다.

고맙고 또 미안하다.

더 깊은 사막으로

○시가 앉을 자리가 없다. 문학도 어떤 풍경이나 제도만 남은 것 같다. '문학의 고요'라고 하면 너무 심한 말인가. 어딜 가도 대가도 없고 원로도 없는 것 같다. 아니다 대가연(大家然) 하는 대가는 있고 원로연 하는 원로는 있다. 시를 숭상하는 게 아니라 시를 망치려 드는 것 같다. 초기 기독교 신자들은 더 깊은 사막으로 들어갔다고 하던데 한국문학은 어디로 갔을까. 시장으로 갔을까. 유튜브로 갔을까. 뒷방으로 갔을까. 아 페이스북으로 갔는가. 그럼에도 불구하고 이 업계만 레전드가 사라진 것 같다. 시국 땜이라고 하면 답이 없다. 답이 없는 게 문학이고 인생이라 해도 이 답은 답이 아니다. 글구 언제나 답은 밖에 있는 게 아니라 안에 있을 것이다. 그럼 시도 더 깊은 사막으로 가야 하는가. (오후 내내 진행된 인터뷰를 옆에서 드문드문 지켜본 지인의 논평을 그대로 인용한다. "농담도 없고 웃음도 없고 숨소리 하나 들리지 않은 것 같다. 아마 둘 다 미(美)친 것 같다.")

이 많은 워딩은 누구의 것인가. 암튼 이 인터뷰 끝에 요즘 쓰고 있는 산문집에서 한 구절 옮겨놓는다. 산문집 관련 시놉시스는 아니다. 또 하나 이미 발표했지만 강릉 얘기 하다 보니 이 자리에 앉혀놓고 싶은 시가 있다. 사족처럼 그냥 둔다.

"어디서든 시인 이외의 자리나 명예를 탐한 적도 없고, 탐낸 적도 없다"(산문집에서)

○웃자.

웃자. 과거도 추억도 역사도 이념도 신념도 다 지나간다. 욕심도 집착도 목표도 계획도 심지어 성공도 패배도 또 지나간다. 물론 아직도 지나가지 않은 것도 있다. 가령, 지역주의, 진영 논리, 독점적 기득권, 국회 인사청문회, 양극화, 혈세 낭비, 고위 공직자의 도덕성 및 소위 7대 인사 기준 등등. 웃자. 이제 또 시가 지나갈 때가 되었다. 업계 종사자는 다 아는 말이지만 시는 돌아보지도 않고 시는 돌아오지도 않는다. 시는 방금 지나갔고, 시는 아직 오지 않았다. 시는 그곳에 있을 것이다. 오래 전 수락산성당 어느 신부님 강론처럼 힘 빼고 살자. 또 러시아 어느 소설가의 말처럼 작가는 사제직에 오를 수 없는 운명이고, 주류의 일부가 될 수도 없다고 한다. 한 번 더 웃자. 크게 웃자.□

강릉 안경아줌마 집
—1978년 봄 혹은 겨울

　매직펜으로 벽면 가득 「목마와 숙녀」를 도배한/ 성남동 광장 근처 닭갈비 전문점/ 그러나 닭갈비보다 술을 더 많이 마셨던 곳/ 술보다 사람을 더 많이 만났던 곳/ 사람보다 글쟁이 환쟁이 만났던 곳// 늦은 밤 대취한 서윤택 교수를 만났던 곳/ 소설가 최성각을 처음 만났던 곳/ 한국화가 김덕남을 만났던 곳/ 매직펜의 주인이었던 시인 염산국의 전속주점 같던 곳/ 소설가 박효용 형을 만났던 곳/ 나를 이곳에 끌고 다녔던 장유섭 형/ 시인 이언빈 선생을 만났던 곳/ 대학 선배 소설가 박문구를 만났던 곳/ 시인 박세현 이름 처음 들었던 곳!// 현찰보다 외상술을 더 많이 마셨고/ 외상보다 얻어 마신 술이 더 많았던 곳/ 문학이 무거운지 세상이 무거운지/ 왜 가볍게 못 살고 무거웠던지?/ 시인은 세상과 맞짱 떠야 하는지 견자(見者)여야 하는지?/ 전쟁을 치르듯 격론을 치렀던 곳!/ 그때 발 딛고 서있던 곳이 곧 최전방?// 잠깐만 섯! 김지하 시집 『황토』 복사본 은밀히 건네던/ 〈아침이슬〉 읊조리던 때론 구호 외치듯/ 〈행복의 나라로〉 부르던 곳!/ 아무리 취해도 감히 취할 수도 없었던/ 아무리 외로워도 도저히 외롭지 않던/ 다 갚지 못한 외상술값이 남아있던 곳!/ 1일 주막이라도 한번 해야 할 것 같은□

제1부

아침 일곱 시에 쓴 시도 있어요

아침 일곱 시
긴 장막을 걷으며 304동과 305동 사이 여명이 펼쳐졌다
혹시 시 한 줄 온다면
우선 반갑게 웃으며 인사해야 할 것 같다
좋은 아침!

시의 길과 삶의 길이 다르지 않을 텐데
시가 오는 길을 삶이 모르고
삶이 오는 길을 시가 모른다
목련은 져도 목련나무 잎을 한 번 더 생각해야 할까

주고받는 말은 없어도
마주앉아 모닝커피 한 잔 하고 싶은데…
시는 삶의 자리에서 시를 만나고
삶은 시의 자리를 떠나면
더 갖고 갈 것도 두고 갈 것도 없는
한 번도 뒤돌아보지 않고 흘러가는 저 중랑천 물길을 또 바라
보아야 하나

1호선 가산디지털단지역

저 황량한 들녘에 목자(牧子) 같은 자가 있었다
목발에 의지한 어느 청년이었다
환승하는 승객들의 줄은 끝이 없었다
이 긴 줄 끝나야
겨우 저 줄에 들어설 것 같다
저 줄에 들었어도
물밀듯이 밀려가는 줄을 붙잡을 수 있을까
자기 줄이 있을까
그는 아직도 그곳에 서 있을 것만 같다
그는 어느 줄에 들어설 수 있을까
외로운 것인가 괴로운 것인가
이제 더 갈 데가 없어졌다는 것일까
그러나 가자 저 끝까지 한번 가보자
이런 날은 촛불 하나 들고 외치고 싶다
너무 바빠서 못 봤다 하더라도
마음은 크게 열어놓고 살자
너나 할 것 없이 바쁜 것도 바쁜 것이겠지만
외로움에 지친 걸까
괴로움에 지친 걸까
청년 바로 뒤에 누군가 또 목자처럼 서 있었다

하릴없는

시의 첫 줄이 떠오르지 않아 하릴없는 날
한잔 할까 말까… 말까
술 한 잔 따르면 시의 첫 줄을 줄 텐가
아무것도 없는 무수천 물이라도 바라볼까
불어난 한강 물을 보러 뚝섬까지 걸어가 볼까
걸을까 말까… 걸을까
시의 첫 줄이 떠오르지 않는다고
지나간 것 떠올리지는 말자
흐르는 물 앞에서 할 도리가 아니다
물이나 바라보던 날이라 해도
하릴없는, 시라도 써야 한다
춤이라도 배워야 하나
끊었던 담배라도 피워야 하나
새라도 쫓아야 하나
발걸음도 마음도 시의 첫 줄도 자리 잡기 힘들 때
아무도 눈치 채지 못하게 첫 줄 비워놓고
하릴없이, 하릴없는 시라도 써야 하나
시의 첫 줄은 신들이 준다*

*폴 발레리

그 남자

낮잠이라도 한 잠 자야 할 것 같은 초여름 오후
리어카 반쯤 폐지 담아놓고
그는 리어카 옆에 누워버렸다
그도 납작해졌다
당신도 어디선가 납작해질 것이다
나도 납작납작 할 것 같다
금천구 시흥대로 먹자골목 입구
나는 전봇대 옆에 서 있었다
나는 전봇대가 되었다

이젠 드러내놓고 시를 쓸 수도 없을 것 같다
시집 냈다고 말하지 않아도 될 것 같고
그러나 또 시를 써야만 하고
갑자기 시가 납작한 폐지가 된 것 같다
말수도 줄어든 것 같고
마음도 내려놓은 것 같다
저 리어카 폐지가 남의 폐지 같지 않고
리어카 옆의 남자가 남 같지도 않다
그 남자는 그 남자가 아닌 것만 같고
나는 또 내가 아닌 것 같다

그녀
—여운계를 기억하는

그녀*의 단골 배역보다
그녀의 요란한 웃음보다
그녀의 폐차 광고보다
그녀의 서러운 눈물 뒤에는
아! 그녀가 있었다
아침마다 그녀는 침대 머리맡에 놓아둔
그녀의 사진과 마주앉아 대화를 한다

"야단맞는 건 내 역할이었다. 주인공이 아니었기 때문이다. 서러
워서 화장실에서 통곡하면 누가 와서 꼭 안아준다. 보면, 여운계
였다."*

당신의 눈물 뒤에는 누가 있었을까
당신은 또 누구의 눈물 뒤에 있었을까
당신은 누구의 사진을 꺼내놓고
그 사진과 마주앉아 대화를 나눌 수 있을까
당신은 누구를 기억하는가
당신을 꼭 안아준 사람은 누구였을까

*전원주(kbs1 아침마당, 2020. 7. 7)

윤동주

그는 하늘도 바람도 별도 아니다
그는 아나키스트도 아니고
혁명가도 아니고
조직원도 아니고
의열단 단원도 아니다
그는 밀항자도 아니고
사회주의자도 아니고
상해 임시정부 요원도 아니다
그는 총을 들지 않았고
깃발을 들지도 않았고
펜을 꺾지도 않았고
만주 벌판을 헤매지도 않았다
그는 창씨개명도 했고
일본 유학도 했지만
그만큼 부끄러워했던 사람도 없을 것이다
그만큼 괴로워했던 사람도 없을 것이다
육필시집 한 권만 놓고 간
그는 오직 시인이었다
스물일곱 살 청년이었다

아름다운 거절

퇴임 앞두고 몇 가지 예우마저 거절한 대만(臺灣) 부총통
첫째, 비서
둘째, 운전기사
셋째, 사무실
넷째, 매달 나오는 연금 6,020달러(한화 약 730만원)

천젠런(陳建仁): 1951년 생
중화민국 제14대 부총통(2016. 5. ~ 2020. 5.)
세례명: 프란치스코
정당: 민주진보당
학위: 미국 존스 홉킨스 대학교 역학(疫學) 관련 박사
현재 중앙연구원(Academia Sinica) 특별 초빙 연구원

나는 왜 아침 식전부터
곧 퇴임할 남의 나라 부총통 애기를 꺼내놓는 것인가
나무위키에서 왜 그를 또 검색하고 있는 것인가
나는 왜 우리나라에도 없는 '부총통'을 검색하고 있는가
아침 햇살에 하얗게 빛나는 강의 물살이나 바라볼 일이지
왜 남의 나라 애기를 꺼내고 있는가
우리도 '부총통' 자리 만들면 그렇게 할 수 있을까

소주 한 병의 시간

사채에 쫓기던 그는 포장마차에 들어갔다
꽁치구이 한 마리 시켜놓고
천천히 아주 천천히 소주를 마셨다
(꽁치야 천천히 조금만 더 살아 있어라!)
그의 앞의 소주 한 병을 다 비우면
그도 이제 다 비워야 할 것 같았다
그에게 남은 시간은 소주 한 병뿐이었다
그때 포장마차에 조직원들과 함께
한 남자가 나타났다
30년 전 초등학교 때 헤어진 친구였다

그 후 그도 쫓기는 신세가 되었는지
사채 실마리 푼 것 때문이었는지
그도 그에게 남은 시간에 쫓기고 있었다
그에게 남은 시간도 소주 한 병뿐이었을까
그는 30년 전 헤어진 친구가 없었을까
그의 휴대폰이 없는 번호라 뜨는 걸 보면
그도 그의 시간을 비워버린 것 같다
그는 몸 담았던 조직을 떠났고
친구는 사채에서 벗어났다

피자집 횡단보도 앞에서

나는 신호를 기다리는 중이었고
두 뼘 정도 옆에 어떤 중년 여자가 서 있었다
그녀도 신호를 기다리는 중이었다
나는 앞을 보고 있었지만 그녀를 보고 있었다
그녀도 앞을 보고 있었지만 나를 보고 있었다
나는 그녀에게 말을 붙이고 싶었고
그녀도 나에게 말을 붙이고 싶었다
나는 그녀와 커피를 마시고 싶었고
그녀도 나와 커피를 마시고 싶었다
나는 그녀와 함께 묵호쯤 떠나고 싶었다
그녀도 나와 함께 묵호쯤 떠나고 싶었다
나는 그녀와 호프를 마시고 싶었다
그녀도 나와 호프를 마시고 싶었다
나는 그녀에게 시를 읽어주고 싶었다
(…)
그녀는 나에게 아주 짧은 목례를 했다
나도 그녀에게 아주 짧은 목례를 했다
나는 그녀와 헤어졌다
그녀도 나와 헤어졌다
(F.O.)

가끔 그럴 때가 있어요

가슴 뛸 일도 가슴 뛸 것도 없는 날
점심 먹고 커피 마시고
앉았다 일어섰다 창밖 좀 내다보다
휴대폰 또 만지작거리다
서가 앞에서 책을 뽑을까 말까 하다

점심 먹고 시 앞에 앉아
시를 쓰고 탈고 하고 다시 또 시를 썼다
가슴은 왜 뛰지도 않는지
휴대폰 문자도 씹고
이 책 저 책 뽑아들고 서 있던
나는 무심한 시 앞에 다시 앉았다

가끔 그럴 때가 있어요!
가끔 그럴 때가 있어요?
그럴 땐 시 이외 다 씹혀요?
시도 씹혀요!
딱히 밑줄 쭉 그을 데도 없어
나도 우걱우걱 씹어 삼켜요!
얼마나 더 외로워야 외롭지 않을 수 있을까

캔맥을 뜯으며

캔맥을 뜯으며
자기의 시를 끝까지 밀고나간 시인은 누구였을까
캔맥을 뜯으며
자기의 삶을 끝까지 밀고나간 시인은 누구였을까
병사했거나
월북했거나
납북됐거나
요절했거나
옥사했거나
불행한 개인사 말고
늙을 때까지
자기의 삶을 끝까지 기록했던 시인은 누구였을까
또 캔맥 뜯으며
과연 시집의 유효기간은 얼마나 될까
일주일? 이삼일?
기성시인들이 종사하는 직종엔 어떤 게 있을까
캔맥을 뜯으며
시에 목을 맨 시인은 누구였을까
자기의 삶을 자기의 시에 다 쓴 시인은 누구였을까
자기 삶을 폐허처럼 뒤집어엎은 시인은 누구였을까

귤 한 봉지

늦은 밤 귤 한 봉지 들고 오다
땅바닥에 떨어뜨렸다
땅에 떨어뜨린 귤 두 개
남들이 보기 전에 얼른 주머니에 넣었다
다시 평정심으로 집에 들어섰다
귤 봉지 식탁에 놓고
안방에 들어가
주머니에 있던 귤을 꺼냈다
주머니에 있던 귤 두 개 먹고 나니
비로소 안심이 되었다
귤 하나에 왔다 갔다 하던
평상심
내가 떨어뜨렸다 급히 주워든 이 평상심
귤 두 개에
왔다 갔다 하던 뭇 중생의 마음
(즉심즉불)
내가 떨어뜨렸다 얼른 주워든 이 낙심한
잡념
삶이 무거운 신념보다
가벼운 잡념에 기댈 때가 더 많다

이렇게 한 번 살아보자

아침 일곱 시쯤 공복에 물 한 잔 마시고
퇴근시간쯤 떡볶이 집에도 들어가자
동네 노인들과 어울려 하루를 보내고
무료 급식소에 가서 설거지도 하자
제5당쯤 되는 소수 정당에 입당도 하고
어떤 날은 하루 종일 굶어보자
어떤 날은 시를 잊고
왼쪽 손목에 조용히 타투도 새겨보자
(아침 일곱 시에 쓴 시도 있어요^^)

심야엔 소스타코비치 교향곡 제5번 〈혁명〉 전 악장을 듣고
함춘호 기타 반주에 맞춰서
송창식 〈담배 가게 아가씨〉도 불러보자
향후 10년쯤 되면 풀릴 북한 개별관광 일정도 세워보자
또 하루는 홍상수 영화처럼
〈도망친 여자〉가 되어 한번 날아보자
오후엔 고비사막쯤에서 낙타를 타고
또 하루는 아나키스트가 되자
누군가 내 옆구리 쿡 찔러주면
오늘 하루만이라도 수락산역에서 시 낭독 버스킹 하자

퇴직 몇 해 전

퇴직 몇 해 전
말수도 줄이고 어떤 날은 입을 닫고 살았다
입이 쓴 날도 있었다
안 되겠다 싶어 시작한 일
아니다 점심 먹고 우연히 만났던
점심 더 빨리 먹고 듣던
cbs 93.9 이수영 〈12시에 만납시다〉
한쪽 귀에 이어폰 꽂은 채
내 나이보다 훨씬 더 젊은 노래 듣는 재미
또 남의 말 듣는 쏠쏠한 재미
이 듣는 재미 새삼 즐겁던
나도 남의 말 잘 들어야 할 나이가 되었나

퇴직 몇 해 전
내 말 다 줄이고 남의 말 듣는,
퇴직이란 전적으로 내 말 줄이는 것!
시도 줄여? 시 어떻게 줄여?
주량, 흡연, 식욕, 물욕, 시시비비, 국내 정치 관심 줄여도
시 줄지 않는 맛
라디오 볼륨 줄이지 않고 키우는 맛!

퇴직 이후

다 잊고 뚝 떨어져 사는데
어젯밤 꿈에 옛 직장에서 헤매고 다녔다
분명 3층 수업이었고 5교시 확인했는데
층도 다른 교실 문 열고 보니
낯선 쌤이 수업 중이었고 그것도 3교시였다
복도에서 시간표 들여다보는데
낯익은 쌤의 안 됐다는 얼굴이 지나갔다
꿈밖에서도 또렷하게 기억했다

왜 또 갔지?
다 끝났고 더 돌아보지 말자고 했는데!
떠난 곳을 향해 또 떠날 순 없어!
그곳 옥상에서 지는 해 바라보며 몇 번인가 약속 했잖아
그래 나는 한 물 간 흐릿한 물이었지
한 물 간, 한 물 더 간…
이번 겨울 방학 벌써 했나?
방학하면 9단지 상가쯤서 빈 운동장이나 건너다볼까
아 주차장 쪽 모과나무 잘 있겠지?
도봉산 훤하게 뵈던 정진관 옥상 텃밭도?

말 시키지 말 것

또 한눈팔다 일이 터졌다
술한테 한눈팔다 크게 터져버렸다
(매우 단호하게) "말 시키지 말 것!"
집사람이 집을 나갔다
멀쩡한 집이 갑자기 깊은 동굴 같았다
3일 밤낮 꼬박 누워 지냈다
나한테 말을 시키는 것도 어려웠다
쇄골 다친 것도 두 달 전인데
그새 술 마시고 또 한눈팔다…
(한 해 시집 두 권 내는 게 힘에 부쳤나?)

'추운데… 들어와… 내가 나갈게…'
답장이 없다
'한 달에 한 번 성당에 다닐게…'
'우선 한 일 년 정도…'
(다섯 번 정도 썼다가 지웠다 하다
결국 문자를 넣고 말았다)
답장이 없다
-밥 몇 번 먹었어?
=한 번!

상심한 저녁

지하철은 파업을 철회하였고
모 영화감독을 위한 추모회는 취소되었다
동네 카페는 열었다 닫았고
휴대폰 문자는 조용하였다
어제도 시집 한 권을 읽었고
오늘도 시집 한 권을 읽었다
어제도 밤 산책을 다녀왔고
오늘도 밤 산책을 다녀왔다
어제는 안방 화장실에서 시를 읽었고
오늘은 거실소파에 앉아 시를 읽었다
초겨울 초저녁이었지만
군이 계절을 탓할 일도 아니었다
욕먹을 일도 욕할 일도 없어졌다
웃어야 할지
울어야 할지
12월이 며칠이나 남았는지 헤아려보다
12월에 쓴 시를 헤아려보았다
이틀에 신작 1편!
집중력의 결실인가
단순함의 극치인가

제2부

애비의 눈물
—아프리카

아이들 일곱 명이 빙 둘러앉아
양푼의 옥수수 죽을 긁고 있다
양푼을 다 긁고 물러났는데도
막내쯤 아이가
양푼을 무릎에 앉혀놓고 또 긁고 있다
아무것도 없는 양푼을 긁고 있다
한 발짝 뒤에서
애비는 애비의 눈물을 움켜쥐고 있다

당신은 또 무엇을 움켜쥐고 있었는가
당신도 없고 옥수수 죽도 없고
양푼도 없고 아이도 없고
영혼도 없고 슬픔도 없고
눈물도 없고 애비도 없는
당신도 모르게 나도 모르게
양푼을 무릎에 앉혀놓고 긁고 있었다
더 이상 움켜쥘 눈물도 없을 것 같다
더 이상 움켜쥘 아픔도 없을 것 같다
더 이상 움켜쥘 것도 없다는
당신의 맨주먹

춘천행

이승훈 시비 하나 없는… 어디 있는지도 모를
모를 일?
이승훈 시비 찾아서 하루 더 돌아다녀야 하나
헛일?
날 저물면
이승훈처럼
춘천 시외버스 터미널에서 두어 번 표를 바꿔가면서
고교 동창과 호프 마셔야 하나
이승훈 동창처럼 생긴 사람 붙잡고 물어 봐야 하나?
–혹시 이승훈 시비 어디 있는지?
=공지천 쪽에서 본 것 같은데…
–거긴 다른 이씨 아닌가?
=아 그 이씨가 그 이씨 아녀?
아녀

시도 시인도 결코 어느 한 곳에 머물지 않는다
춘천을 하루 더 겪어보면 알 것도 같고
하루 더 묵어야 하나?
춘천에서 소주 한잔 하자고 부를 수 있는 시인 없나요?
(부를까?)
막차 끊길 시간인데…

춘천 시외버스 터미널 근처
이승훈 시비 하나 세워놓고 싶다
대한민국에서 가장 외롭고 또 아름다운 시비 하나
-버스표 바꿀 수 있나요?
=그게 막차예요

진눈깨비
—이디오피아

불현듯 공지천이 텅 비었다
하! 시인들은 진눈깨비 내리는 것만 봐도
시 한 줄 술술 나오겠네 호호
(내 등 뒤에서 들리던 허스키한 목소리)
저 가로등 아래도 시 한 줄
겨울밤 허공을 적시는 진눈깨비도 시 한 줄
늦은 밤 진눈깨비 차마 내리지 못한 곳 있을까
차마 더 내리지 못한 진눈깨비들

-오늘 밤 또 시 한 줄 얻어가겠네
=시는 두고 마음만 갖고 갈게요
-진눈깨비도 마음이 있었나?
=두고 갈 것도 없는 허전한 제 마음이겠죠

나는 진눈깨비를 등지고 앉아 있었다
그 나이에 여태 등 안 지고 산 것도 있었나?
시는 제 시의 비위조차 맞추지 않는다
시는 어떤 비위도 맞추지 않는다
시는 그 등진 것조차 등지고 다 뿌리치고 산다
쓰는 게 사는 겨?
차마 다 뿌리치지 못하고 등지고 사는 걸까

가만, 사는 만큼 쓰는 게 아니라
그보다 조금 더, 조금 더 쓰는 거 아녀?
조금 덜 쓸 때도 있지
가끔 빗나갈 때도 있지
2차 마시고 나오다
한잔 더 하러 도로 들어갈 때도 있지
그러나 추억 같은 것 없다

자전거 소년

자전거에서 급히 내린 소년이
아파트 주차장 내 차 앞에서 천천히 배꼽 인사를 하고 갔다
아주 정중한 인사를 받아놓고 보니
5센티 정도 가늘게 범퍼가 긁혔다
달아나듯 가는 소년을 되돌려 세울 수는 없었다
(대략 난감)

아주 젊은 날
나도 도서관 주차장 고급차의 범퍼를 북 긁은 적이 있었다
기사는 나를 차주 앞에 데려갔다
기사의 말을 들은 차주는 아무 말도 하지 않았다
나도 아무 말 하지 않았다
그날 나는 용서란 무엇인지 알 수 있었다

긁힌 범퍼 볼 때마다
덮어놓고 어서 가라고 손짓하던 내가 떠오른다
남에게도 나에게도 너그러울 때가 되었다
한 번 용서하면 한 번 더 성숙할 수 있다
나이 먹는 게 꼭 나이만 먹는 게 아니다
늙어가는 것도 꼭 늙어가는 것만 아니다

용서 받았으면 용서할 줄도 알아야 하고
용서할 줄도 알아야 용서도 하게 된다
마음이 왜 또 헐거워지는지 알게 된다
아주 조용히 천천히 말하는 것도 알게 된다
왜 아무 말도 하지 않는지 알게 된다
덧없이 사는 것도 그 덧없음도 알게 된다

휘파람
―〈콰이강의 다리〉 행진곡

영화도 행진도 전쟁도 오래 전에 끝났지만
누군가 그 휘파람을 불고 있다
그는 아직도 어느 강을 건너는 중이었을까
지금쯤 어느 다리를 다 건너갔을까
그도 등 뒤로 식은땀을 좀 흘렸을 것이고
사람을 만났다 또 헤어졌을 것이다
한여름 소낙비는 미처 피하지두 못했고
꿈을 꾸었다 또 꿈을 접었을 것이다
시를 쓰기 위해 독한 술도 마셨을 것이다
그는 꿈도 강도 다리도 건넜을 것이다

나도 어느 강을 건넜을 것이다
다리를 다 건너야 다리를 돌아볼 수 있었다
강을 다 건너야 강을 돌아볼 수 있었다
시를 쓰고 나서 시를 돌아볼 수 있었다
몸을 앓고 나서 몸을 알았다
다리가 다 무너져야 다리를 돌아보듯
술병(病) 앓고 나서 술을 돌아볼 수 있듯이
돌아보면 견딜 만한 술은 없었어

무턱대고 건너다녔던 세월교도 돌아보게 된다

언 강 위로 함부로 던졌던 돌 하나도 돌아보게 된다
꾹꾹 밟고 다녔던 풀 한 포기도 돌아보게 된다
조용히 돌아보아야 할 게 또 뭐가 있을까
함부로, 무턱대고, 꾹꾹 밟고 다닐 게 하나도 없다

수어(手語)

1.
병원 가는 길이지만 걸음을 멈추었다
6호선 약수역 3번 출구 바로 앞에서
상대방의 얼굴을 깊이 쳐다보며
환하게 웃던 젊은 남녀와 마주쳤다
그들은 얼굴만 마주보며
상대방의 얼굴에서 눈을 떼지도 못한다

그들은 가슴께 올려놓은 손을 내려놓지도 못한다
그들의 손은 가슴께쯤 있었고
그들은 손을 마주보고 있었다
가슴이 아픈 사람은
가슴이 어디쯤 있는지 알고 있다

2.
남의 얼굴을 깊이 바라본 적 언제인가
남의 얼굴을 보며
눈을 떼지 못했던 적 언제였던가
나는 주먹으로 가슴을 내리쳤다

이 한 주먹 나의 수어여

내 손은 어디쯤 있다는 것인가
가슴께 머물던 한 손 그 위에 얹던 또 한 손
내 가슴 헛짚을 때도 많았다
아랫입술 꽉 깨물 때도 많았다

사람의 말을 믿어요?

그는 사람의 말을 너무 믿었을 것이다
그는 사람의 말을 너무 믿었다가
사람의 말을 믿을 수 없게 되었다
그는 남의 말도 믿지 않고
이제 그는 그의 말도 믿지 않는다
그의 말은 말이 아니다
남의 말도 말이 아니다
나의 말도 말이 아니다
너의 말도 말이 아니다
그는 말이 없다
나도 말이 없다
너도 말이 없다
나도 너도 남의 말을 믿지 않는다
남의 말은 결코 말이 아니다
말은 어디 있는가
그는 아예 말을 않고 산다
그는 숫제 말을 잃었을 것이다
그는 말도 잃고 사람도 잃었을 것이다
그의 말끝에 나도 부르르 떤다

비밀은 없다

당신 앞에서 고백한 적이 있었다
큰 잘못을 저질렀기 때문이다
그러나 아무리 큰 죄라 해도
이 세상에 당신 말고
그 비밀을 아는 사람은 없었다
그러나 당신은 당신과 가까운 사람한테 말해버렸다
내가 당신 앞에 고백했다는 사실을
아는 사람이 하나 더 늘었다

이 세상에 비밀은 없다
이 넓은 세상에
남의 비밀을 지켜줄 사람은 아무도 없다
당신도 가볍지만 나도 가볍다
당신과 가까운 사람은 더 가볍다
그가 내 앞에서 나의 비밀과 고백을 털어 놓았다
나의 적은
당신이 아니라 당신과 가까운 사람이다
비밀은
서랍 속에 깊이 넣어두어야 한다
아주 지루하게 당신의 여생과 함께 늙어가는 것

컷!

삶의 자리와 죽음의 자리
그 사이는 어딘가
신촌 세브란스 지인 장례식장서 문상하고 나서는데
맞은 편 상가
영화배우 고 최무룡 선생
(묵념)

식장을 나와 담배를 꺼내는데
바로 눈앞에
아 영화의 한 장면
(대박)

장동휘
장혁…
그 어둑발 끝에 유독 빛나는 별이 확 다가왔다
아 김지미!
컷!

어느 한순간

길고양이 한 마리 지나가는 것도
어느 한순간
중랑천 물소리도
사람들 사이에서 힘들어 할 때도
모과 한 알 바닥에 구르는 것도
구내식당 구석자리에 앉아
밥 먹고 일어나는 것도
한순간
갑장인 친구들과 하룻밤 보내는 것도
육십갑자도
오늘 3시부터 4시 사이 쏟아진 폭우도
H여고 문예창작부 아이들과
한 이십여 년
한 해도 거르지 않고
교내 시화전 한 것도
어느 한순간!
한순간도 한평생 골똘히 했던 일도
퉁 치고 일어설 때가 있다

어느 진보주의자를 위하여

그는 좌고우면하지 않는다
그는 패배를 두려워하지 않는다
그는 권력에 아부하지 않는다
그는 노선을 바꾸지 않는다
그는 아웃사이더이다
그는 급하고 또 빠르다
그는 그의 지역구를 떠나지 않는다
그는 약자를 외면하지 않는다
그는 타인의 과제를 피하지 않는다
그는 공적 논의 과정을 중시한다
그는 시시비비를 가린다
그의 분노는 끝이 없다
그는 눈물을 팔지 않는다
그는 과거를 팔지 않는다
그는 진영을 팔지 않는다
그는 거칠지만 또 여리다
그는 무엇보다 거짓말을 하지 않는다
그는 주류의 일부가 아니었다

어느 혼례미사 식장에서

예식이 끝나고 피로연 식당으로 이동하는데
그는 그곳에서 꼼짝하지 않는다
그의 기도는 끝나지 않았다
그는 그곳에 남아 기도하고 싶었을 거다
유일한 혈육인 그의 여식을 위해
그가 지은 죄를 고하기 위해
이 자리를 빌려 또 빌고 싶었을 것이다
그는 이듬해 그의 여식 혼례를 치르고
세상을 떠났다
그의 기도도 그와 함께 세상을 떠났다

무슨 기도를 그렇게 오래 했어?
아무 말도 않고 어색하게 웃기만 하던 친구
이 자리를 빌려 나도 빌고 싶다
그의 기도를 위해
그의 미소를 위해
그의 영혼을 위해
그의 여식을 위해
1980년 여름
삼척 후진 해수욕장에서 밤새웠던 그날을 기리며
거기까지 되돌아보다

햇살은 다시 당신에게*

제2차 세계대전 영국군 참전용사
예비역 육군 대위 톰 무어 씨
100번째 생일을 앞두고
코로나19와 맞선 자국 의료진 위해
1,000파운드(150만원) 모금액 목표를 세우고
좀 무리한 여정을 시작했다

그 연세에 보행 보조기에 의지한 채
(하루 25미터 열 바퀴)
열흘 동안 당신 집 뒤란 100바퀴 돌기
뜻밖에 당신 마음에 150만 명이 움직였고
우와 목표액 3만 3천 배 달했다
3,300만 파운드(500억 원)

영국 엘리자베스 2세 여왕은
당신에게 기사(騎士) 작위를 수여하였고
노병의 가슴에 단 작위에
어떤 맨가슴도 저릿저릿 하였으리

*연합뉴스(2020. 7. 17)

그나저나

그는 앉으면 ㄱ을 씹었다
그가 씹는 순서가 바뀔 때도 있지만
ㄱ 아니면 ㄴ이었다
간혹 ㄴ을 먼저 씹을 때도 있었다
한잔 하다 보면 ㄱ만 씹고
ㄴ은 깜빡 건너뛸 때도 있었다
그런 날은 내가 ㄴ을 챙겨서 씹어주었다
ㄱ도 ㄴ도 다 건너뛸 때가 있다
그나저나 ㄱ을 씹고 ㄴ도 씹으면
ㄷ은 씹을 시간도 없고
때론 못 씹을 때도 많다
ㄷ은 ㄱ과 ㄴ 사이에 낄 수 없는 존재?
ㄱ과 ㄴ을 그렇게 씹고 씹어도
ㄱ과 ㄴ은 씹히는 것도 모를 걸
그나저나 누가 또 ㄱ을 씹고
ㄴ을 꼭꼭 씹어줄 텐가
ㄷ은 씹힐 일도 없고…
ㄱ과 ㄴ 때문에 늘 ㄷ만 웃고 산다
ㄷ을 씹고 나서 ㄱ과 ㄴ을 씹어야 하나

눈에 밟히는 것

그는 그곳에서 30여 년 시계추처럼 살았다
심지어 밥 먹는 것도 시계추였다
창가 쪽 오래된 책상 자리 의자에 앉았다가
여덟 시간 일하고 격주 동아리도 하고
다시 이 의자에 앉았다가
물 한 모금 마시고
때론 시계추처럼 믹스커피 한 잔 하고

구내식당에서 점심 먹고
이 의자에 앉았다가 어제와 똑같은 시각
등나무 지나 모과나무 쪽으로 퇴근하는
시계추 같은 저 단순한 동선!
아 눈에 밟히는 까치집은 한 번 더 밟아보고
눈에 밟히지 않는 것도
한 번 밟아보려다 그만 꾹 밟을 뻔했다
그만 밟아!
그래 그만!
눈에 넣어도 아프지 않은 것은 아프지 않고
눈에 밟히는 것은 또 눈에 밟히고
눈에 밟히지 않는 것은 밟아도 밟히지 않고

이만하면 됐다

쥐뿔도 없는 남자가
더 이상 욕심내지 않고 살겠다고 한다
결혼 15년차
쪼그만 연립주택 하나 장만해 놓고
이만하면 됐다
이만하면 됐다
신혼 때 연대보증 한 번 잘못 섰다가
월급 압류 들어왔을 땐
제 가슴 쥐어뜯고
하늘도 쥐어뜯고 땅도 쥐어뜯었는데
이만하면 됐다

냉장고 소음에 귀기울이는 일도
창밖을 한 번 내다보는 일도
창밖의 대추 몇 개 달린 대추나무 바라보는 것도
우연히 들렀던 앞이 탁 트인 어느 카페 생각하는 것도
제대로 한 번 살아보지 못했던 것도
마음 더 시릴 일이 없을 것만 같은 날도
오랜만에 두 다리 쭉 뻗으며
이만하면 됐다
아무리 울어도 풀리지 않던 후회도 용서하리라

폭우

중랑천 산책길 다리 밑에서 비를 피했다
얼마나 여기서 기다려야 할까
삶은 기다리거나 내려놓는 일
거칠게 사정없이 퍼붓고 있는 폭우라 해도
그도 한 소식하고 지나갈 것이다
폭우 폭우 폭우
이 빗속에서 비긋기만 기다리던 남자
이 비긋기만 바라던 여자들
이 빗소리 더 굵고 더 거칠어지고
무려 한 시간여 지나가고
이 빗속을 뚫고 용맹 정진할까
기어코 이 빗속을 뚫고 가는 옆에 있던 여자들
남은 자들과 통성명이라도 해야 할까
-날씨 웃기죠
=비도 웃기죠
폭우 몽땅 뒤집어쓴 부부 입장
-다 젖었어!
=다 젖었어?
여기서 젖었으면 저기서도 또 젖어야만 할까
기다려, 아직 갈 때가 아니다

그곳

이 세상엔 많은 서점이 있지만
꼭 한번 걸음하고 싶은
혜화동 로터리 '위트 앤 시니컬'
젊은 시인 동지들이 하! 먼 걸음 했다고
소맥 한잔 하자고
내 손 잡아당길지도 몰라

문밖에서 행인처럼 들여다보다
그냥 지나가는 게 맞지?
내가 먼저 천천히 휙 돌아설지도 몰라
서점지기와 마주치면 생긋 웃고
아는 시집 만나면 눈인사라도 하고
(내 시집 없어도 꾹 참았다가)
시치미 뚝 떼고 나올까

나이 들어도 일상적 삶이 더 어려운 시인 동지들이여
외롭다고 그 외로움에 쫄지 않기
시 이외 어디서든 쫄지 않기
시 앞에서도 더 씩씩하게 살기
실없이 또 웃고 살기

두 여자아이

1.
갑자기 빗줄기 굵어지고 세차게 막 쏟아지는데
초등학교 4학년쯤 여자아이 둘이서
자전거 한 대씩 올라타고 빗속을 달린다
그것도 한 손에 우산을 받쳐 들고…
괜찮나?

수락산역 4번 출구에서
아이들의 뒷모습 한참 바라보았다
늙었나?

저들을 보면 미래가 어두울 것도 없으리라
걱정할 일 없으리
비무장지대를 무너뜨리고 두만강 건너 북간도 지나
실크로드 지나 베를린 파리
로마 마드리드 모나코 지나
남아프리카도 단숨에 달려갈 것만 같으리

2.
이십여 년 전 친구의 큰딸아이는
재수까지 하고도 원하는 대학에 들어가지 못하자

자전거 타고 중국 대륙을 횡단하여
유럽을 향하는 중이라고 했다
부모 속 태우던 아이는 어디쯤에서 유턴했을까?
(유럽 어느 대학에 들어갔나?)
그 속은 또 얼마나 태워버렸을까?
속을 다 태우면 그 다음 속은 또 뭐지?

제3부

집중력

나는 당신처럼 새벽 네 시쯤 일어나
네댓 시간씩 책상 앞에 앉아 글을 쓴 적이 없다
오래 전 수능 감독 때 빼곤
새벽 네 시쯤 잠을 깬 적도 없었다
새벽 네 시

그러나 나도 당신처럼 글을 쓰는 동안
그 집중력 때문에
내 삶이 오롯이 존재할 수 있었을 것이다
그 집중력 흐트러지면
내 삶도 무너지고 흐트러졌을 것이다

그런 집중력 하나하나가 내 시가 되었을 것이다
나도 언젠가 새벽 네 시쯤 일어나
책상 앞에 앉아 여명 같은 시를 쓰고 싶다
그리고 하루종일 뻗어 있을 것
시가 어떤 시론보다 집중력일 때가 있다
긴장하거나 불안하지 않은 집중력
외로울 때 더 집중하던 집중력의 황홀

어떤 축구 경기

매주 금요일 오후 직원들끼리
청백 팀으로 나눠서 축구시합을 했다
양 팀 선수들의 수를 맞추다 보면
언제나 심판은 없었다
"심판은 무슨… 다 아는 처지에…"
양 팀 선수들은 아는 규칙대로
그때그때 적용하면서 경기는 진행되었다
골을 넣으면 골이라 했고
손에 맞으면
잠깐 멈췄다 다시 또 시작하면 되었다
전반전이 끝나고
후반전이 끝나고
경기는 1 : 1로 종료되었다
양 팀 선수들은 악수도 하고
등을 두드리며 헤어졌다
이런 축구 경기 본 적 있나요?
이렇게 돌아가는 세상!
그렇게 돌아가는 세상 겪어본 적 있나요
눈도 감아주고 입도 다물어주고
아무 문제없고 문제될 것도 없는…

오늘도 시를 쓴다마는

수행자가 제 발우를 씻는 것처럼
동네 빵가게 사장님이 빵을 굽는 것처럼
해가 지는 것처럼
어제 갔던 산책길 또 걷는 것처럼
에프엠에서 흘러간 노래가 나오는 것처럼
제 텃밭 곁에 앉아 있는 노인처럼
수박 내놓았던 자리에 또 수박 놓아둔 동네 마트처럼
자기 삶을 뒤집지 못하는 것처럼
대추나무가 어제보다 조금 더 축 처진 것처럼
해가 어제보다 조금 더 길어진 것처럼
녹음이 좀 더 짙어진 것처럼
어제와 좀 다른 배역하고 싶은 것처럼
한여름 옥탑방에 사는 것처럼
주인이 끌어도 끌려가지 않으려고 애쓰는 저 반려견처럼
파계승처럼
사회 부적응자처럼
하루 종일 걷히지 않는 안개처럼
폐지 몇 장 유모차에 담아 밀고 가던 노인처럼
낮달처럼
시 한 줄 없이 그냥 텅 비워두면 또 어때!

남들이 와인 마실 때

남들이 와인 마실 때
그냥 앞에 있던 캔맥 뜯을 때
캔맥 뜯을 때 그 단호함도 시가 될 수 있을 거야
다 자기 손금이 있고
자기 발자국 있는 것 아닌가
남들이 담소 나눌 때
혼자 저쪽에서 담배 피울 때
그때 시가 잠시 내 곁에 있어 주는 거 아닌가
내 곁에 있어 주는 시
시 곁에 있어 주는 나
(나이 먹을수록 왜 남들과 더 어울리지 못하는 걸까?)
독자노선
자작
자문자답 혹은 무문무답
자작극
자유
자력갱생
자조
자학
자괴감

이쪽저쪽

무엇에 끌려 여기까지 나를 이끌고 왔는지
나를 여기까지 이끈 게 뭘까?
왜 이쪽 길만 막느냐고요
이쪽은 허가된 곳 아닙니다
막으려면 저쪽 길도 막아야 하는 거 아니오
저쪽 길은 사람들이 다닙니다
막으려면 이쪽저쪽 다 막아야 하는 거 아니오
이쪽 길은 길이 아닙니까?
이쪽 길 저쪽 길 다 같은 길 아니오
말꼬리 잡지 마세요
누가 누구의 말꼬리 잡는다는 거예요
비켜요/ 저쪽으로 가십시오
당신이 뭔데! 왜 저쪽 이쪽 명령하는 거요
지침입니다
누가 보낸 지침이에요
제발 저쪽으로 좀 가주시면 안 되겠나요?
(우리도 힘들어요!)
첫눈이 이 구석까지 저 구석까지 뒤덮어도
저쪽은 저쪽, 이쪽은 이쪽
이쪽도 저쪽도 아니면?

철학자

아버지 병원에 누워계실 때
나는 철학에 입문했었다
휴대폰으로 무엇을 검색하던 시대도 아니었으니
발로 뛰어다니면서 철학을 공부했다
아버지는 병상에 계시고
나는 아버지 머리맡에 서 있었다
나는 그게 너무 싫었다
아버지는 담배 끊으라고 말하진 않았지만
나는 밖에서 담배만 피우곤 했다
그땐 그게 철학인 줄도 몰랐고
철학에 발을 들여놓았어도 철학을 몰랐다
카드 또 긁으면서 직장을 다녔고
막연하게나마 조금씩, 조금씩 불안해하고
또 그만큼 뭔가 받아들여야 하고
막상 또 받아들이고 나면
굳이 더 받아들일 것도 없어 또 불안했다

닥쳐야 할 일은 닥쳐야 하듯
하루하루 새로운 국면과 맞닥뜨리던
담배만 피우던
아버지 병세에 대해 드러내놓고 의논할 데도 없던…

카드 긁을 때마다
새로운 검사 하나씩 또 검사할 때마다
그게 철학이란 걸 몰랐다
뭔가 선택하고 뭔가 판단하고
뭔가 돌아보고 또 돌아보고
퇴원할 무렵
병실 밖으로 따라 나와 어렵게 한 마디 꺼내던
주치의 옆에 있던
젊은 날 시인 김정환 쪽 빼닮은 수련의
"육 개월 넘기기 어려울 거예요"

빗소리

시 한 줄 쓰다 말고 시도 비우고
에프엠도 비우고 책도 비우고 노트북도 비우고
빈 방 가득 이 빗소리만 들여놓았다
나도 잠시 비워놓고
빗소리 말고
이제 이 방에 더 남은 게 정말 아무것도 없다

빈 속!
내 안에 아무것도 더 남아 있지 않다
내공!
또 창가를 뒤덮은 목련나무 잎에 닿는
저 빗소리!
누군가의 발자국 소리 같은

어제는 아주 늦은 저녁을 순댓국집에서 먹었다
소금이나 새우젓 안 넣고
말갛고 뽀얀 순댓국 한 그릇을 깨끗하게 비웠음
뭔가 싹 다 비우고 싶은 날
나이 먹었다는 뜻
내가 나를 옆에서 천천히 지켜볼 때도 있다

청마 사리?

청마는 무슨 생각으로 파도를 끌어다 놓았을까
-파도야 어쩌란 말이냐
착한 파도는 청마의 말을 잘 들었다
청마도 파도의 말을 잘 듣고 있었다
-우리 파도 착하지!
지금 생각하면 청마도 모르고 파도도 모를 일
청마는 무슨 생각을 했을까
청마가 깃발 들고 도착한 곳은?
동해안 7번 국도 어디 허구(虛構) 해변?
아님 안목?

청마 제자가 화계사 길 어디 산다는 풍문을 들었다
청마 사리 한 알 갖고 있지 않을까
청마 사리?
청마 생전 파도의 높이와 무게와 사랑과
청마 사후 파도의 깊이와 우울과 고독과
울분과 미열과 슬픔과 탄식과 허무와
'내 소리 네가 들으랴
네 소리 내게 들리랴'*

*청마

한밤중에 문득

문득 떠나고 싶다
햇살 좋은 날
당신의 뒷모습을 보았던
삼전동 골목쯤
문득 떠나고 싶다
아침마다
손등으로 눈 비비던
기억의 집
간간이 찬바람 불던
10월 마지막 주 토요일 오후
막 등단 소식 듣던
그 이층집
문득 그리고 당신
아무리 견디어도
나 혼자 더 견뎌야 할
또 다른 견딤

당신 생각

유독 당신만 지나가지 않고 남아 있다
대추나무 뒤흔들던 지난 밤 비바람도 지나갔다
시를 읽던 시대도 지나갔고
시를 읽지 않는 시대도 지나간다
누군가 그 끝에서 끝까지 남아 있어야 한다
김남주는 끝까지 남아 있어야 한다
김지하도 끝까지 남아 있어야 한다
(이제 제발 그만 놓아드려라!)

당신과 함께 갔던 안동 화회마을도 지나갔고
도산서원도 지나갔다
초복도 중복도 말복도 지나갔다
20대 국회도 지나갔고
21대 국회도 지나간다
아직도 지나가지 않고 남아 있는
당신은 또 누구신가?
누가 그 끝에서 끝까지 남아 있어야 하는가
그 끝에서 그 끝까지
누군가 떠나고
누군가 남아 있어야 하지 않겠는가?

등촌역

9호선 등촌역에서 고속터미널 방향을 타야 하는데
김포공항 방향을 타고 말았다
한 정거장 지나 얼른 내렸다
한번쯤 겪는 가벼운 일이지만
처음 겪을 땐 그게 그렇게 가볍지 않다
더구나 집사람 앞에선

집사람과 다닐 땐 저쪽에 혼자 서 있지 말고
옆에 붙어 앉아 귓속말도 좀 해라
잡담도 하고
스마트폰 메모장 열어놓고 시 끄적거리지 말고
남이 어떻게 앉아 있든 참견하지 말고
날씨 얘기하지 말고
신작 초고 꺼내서 보여주지 말고
정치권 현안 얘긴 꺼내지도 말고
혼자 팔짱 끼지도 말고
단역배우처럼 어떤 연기라도 좀 해라
춘천 의암호 둘레길 또 걷고 싶다고?
언제, 내년 이맘때쯤?
낼 당장 가자!

사족

어제 썼던 시 한 번 들여다보지도 않고
오전에 신작 세 편 지르고 말았다
누가 볼까 봐
문 걸어 잠그고 신작시 세 편 또 달렸다
시 옆에서 점심도 같이 먹었다
어서 먹으렴
어서 쓰렴
저녁 먹기 전 또 세 편이 쏟아졌다
이럴 땐 누군가
시가 폭발했다고 문자 넣어주던데…
뭔가 폭발할 때가 있는가 보다
시가 폭발할 때가 있긴 있는가 보다
축! 시폭!

사족 1: 시가 또 나올 것 같아 일어났다
다시 앉았다 (하략)
사족 2: 이거 차마 부끄러운 일인가
슬픈 일인가 기쁜 일인가
시를 쓸 땐
부끄러움도 슬픔도 기쁨도 사족도 버려!

어느 기성 시인에게

문청시절도 없이 사십 넘어 시를 썼고
어느 잡지에 처음 시를 발표했고
그 후 어느 줄에도 끼지 않고
그냥 나이 더 먹어 중견 시인이 되었다
암튼 그는 이름도 줄도 없으니
어느 줄에 설 이유도 없었고
어느 줄에 서 있지 않으니
어느 줄도 없고
그냥 줄 없는 기성 시인이 되었다
어느 문학단체에 들지도 않고
하루하루 살다보니
어느 날 그는 원로시인이 되어 있었다
어엿한 기성 시인이 되어 있었다
해 질 녘 동네 주점에 혼자 앉아 있는 걸 보면
시 때문에 마음 쓰였던 것 같다
시 앞에서 혹은 외로움 앞에선
문청도 중견도 기성도 원로도 없다
외로움 같은 것도 없다

저 남자 이 남자

저 남자는 산책도 하고 화장도 하고
게임도 하고 은퇴도 하고 물도 먹고
약속도 하고 가끔 해외축구 땜에 밤도 샌다
배회도 하고 영화도 보고 투표도 하고
소주도 하고 흡연도 하고 치킨도 먹고

저 남자는 커피도 하고 여행도 하고
동창도 만나고 남자도 만나고 여자도 만난다
웃고 울고 또 오해하고 이해하고
요리도 하고 검색도 하고 외식도 하고
댓글은 달지 않고 댓글 읽기만 하고

이 남자는 계간지 다섯 권 받아보다가
정기구독료 내던 계간지 한 권 끊었고
원고료 대신 한 권 받아보고
한 권은 보내주니까 또 받아보고
어느 계간지는 김빠진 술 같을 때가 있고
계간지 신작시 청탁은 끊겼고
또 한 권은 오다가 어디서 끊겼는지

신신파스

옥수수 하나 감자 두 개 먹고 체했는지
밤에 잠을 이루지 못하고
일어났다 누웠다 벽에 등을 기댄
집사람을 위해 할 수 있는 일은 없었다
고작 휴대폰으로 검색 하다가
아침을 기다릴 수밖에 없었다
옆에 다시 누워 생각하다
아주 오래 전 어느 선방 수행자의
파스 요법(療法)이 생각났다
손바닥으로 꾸욱 누르던
집사람의 배꼽 양쪽 옆에
손바닥 반만 한 신신파스 한 장씩 붙였다
한 시간여 지나
집사람은 코를 골면서 깊은 잠이 들었다
신신파스 덕분에
코고는 소리가 유난히 밝은 깊은 밤이다
강원도 옥수수와
강원도 감자를 미워할 수 없다

그녀는
—망원동 한강공원

그녀는
먹구름을 처음 보는 사람처럼 쳐다보았고
파란 하늘을 처음 보는 사람처럼 바라보았다
그녀는
한강을 처음 보는 사람처럼 바라보았고
그녀는
장마로 불어난 한강을 처음 보는 사람처럼 바라보았다
그녀는
성산대교를 처음 보는 사람처럼 바라보았고
노을을 처음 보는 사람처럼 바라보았다
그녀는
불 밝힌 성산대교를 처음 보는 사람처럼 또 바라보았다

그녀는
저녁 내내 한강을 바라보았고
그녀는 노을을 바라보았다
그녀는
마침내 드디어 노을이 되었고 물이 되었다

딱히 할 일 없을 때

아침에도 웃고
간밤의 비바람 속에서도 웃었다
웃는 게 그의 업보 같다
웃을 일 없어도 웃고
울어야 할 때도 웃는다
웃는 게 업이다
우는 업보를
웃는 업보로 슬쩍 바꾼 것 같다
웃는 게 그의 주 종목이다
어쩔 수 없이 울 때도
어쩔 수 없이 웃어야만 하는
웃기는 웃는데
할 일 없을 때도
속도 없이 웃고 만다

시 한 줄 쓸 일 없어도
하루 종일 있어봐야 웃을 일 없어도
쿨하게 웃고 넘겨야 하는
어떻게든 웃고 마는
웃을 줄 아는
웃음을 아는

내가 아는 그는

그는 남북 이산가족 직계도 아니지만
북쪽에 관심이 많고
장마철엔 그쪽 강수량도 걱정한다
물론 중랑천 유속도 걱정한다
걱정도 팔자겠지만
어디 내세울 만한 우국지사도 못되면서
그저 팔자로 알고 세상사 걱정하며 살아간다
한때 교육 현장을 걱정하더니
교육 이후 대북 문제로 급선회했다
물적 인적 남북 교류가 관심사였고
지난 대선 경선 즈음
그는 국내 정치로 휙 돌아섰다
또 한국 시의 동향에 꽂혀 있던
그도 시 관련 일에 종사하지만
어려움에 처한 한국 시를 걱정하지 않는다
현 단계 한국 시 걱정은
그 대신 내가 도맡아 하게 되었다
그가 비워둔 자리에 내가 앉았다
그러나 그 옆자리도 비었고
그 옆자리도 그 옆자리도 그 옆자리도…

제4부

늦은 아침

찐 달걀 두 개
사과 두 조각
우유 한 잔
비타민 C 한 알
그리고
불멸의 여인에게 헌정한 베토벤 〈피아노 소나타 30번 3악장〉
혹은
일 년에 한 두어 번
러시아 국립 교향악단 김민기 〈아침이슬〉
아님
KBS 93.1 클래식 에프엠 김미숙의 가정음악
그리고
생수 한 잔

장대비

2020년 8월 10일 오후 5시 안방학동
장대처럼 장대비 막 쏟아지는
빗속
납작납작한 종이 박스 몇 장만 얹어놓은
리어카 밀고 가는
노인
머리엔 낡은 수건만 두건처럼 한 줄 두르고
빗속을 뚫고 천천히

젖은 손등으로 이마의 빗물 훔쳐내며
툭 털고
이번엔 이마의 땀방울을 또 훔쳐내며
툭 털고
빗물에 뒤섞인 당신의 눈물을 닦으며
툭 털고

툭 털고 뚫고 나가는
툭 털고
툭 털고
툭

공손한 두 손

하늘이 모든 걸 알아주는 세월도 아니다
내 손이 돈이 되는 것도 아닌데
그가 손 한번 잡아 달라고 했다
나는 그의 손을 덥석 잡아주었다
손 놓으면서 사업 잘 되길 빈다고 했다
내 손은 그의 손을 잡고 놓았는데
그는 두 손으로 내 손을 감싸고 있었다
그렇게 공손한 두 손을 본 적 없다
그는 나의 옛 직장을
정기적으로 드나들던 영업사원이었다
그땐 꼴에 내가 갑이었고
그는 을이었을 텐데
이 시에서는 그가 갑이 되어 있었고
내가 을이 될 수밖에 없다
그러나 이제 이 시에서는 갑도 을도 없다
손을 잡아도
손을 놓아도
오직 공손한 그의 두 손만 남았을 뿐이다
돈 벌러 다니던 그의 부지런한 손

낮잠

오후 두 시쯤 한낮에 잠깐 꿈을 꾸었다
신경림 선생이 거실 소파에 앉아 있었다
꿈을 깨고 보니 너무 빨리 깬 것 같아
다시 눈을 감고 꿈속의 소파 옆에 앉아보았다
꿈 밖에서, 꿈속으로 들어가 보았지만
잠도 꿈도 신경림도 다시 오지 않았다
꿈 밖에서,
꿈속의 일이 생시처럼 나타났다 사라졌다
차 한 잔 갖다 드리지 못한 것이
꿈속에서도 꿈 밖에서도 마음에 걸렸다
오래 전 신경림 선생의 아파트 앞 호프집에서
오백 하나 더!
외치던 일들이 꿈속의 일처럼 나타났다 사라졌다
－선생님 뵙고 그해 등단했어요!
＝나를 또 만났으니 잘 될 걸세!

어디서 누가 던진 말이 또 날아왔을까
꿈 밖에서? 꿈속에서?
허공에 뜬 낮달 같은
한 마디 더!
"시인은 다 늙어빠진 무당이야!"

면벽 131
—어느 문학잡지에서 발굴한 김수영의 옛글을 읽고

이렇게 김수영의 글을 발표하면
그가 어디선가 난닝구 바람으로
방금 쓴 글 툭 던져놓은 것 같다
여전히 산문도 쓰고 양계도 하고 번역도 하면서
크고 깊은 눈으로 눈치도 안 보고
그 큰 눈으로! 더 큰 눈으로!
독설을 뱉으며 또 독설을 삼키며
독설 폭음 독설 통음 폭음 독설…

김종삼도 박인환도 김○○도 없는
며칠 전 김규동 선생도
시인은 혼자 이 세상 어디 살아남아
시가 무엇인지 시인이 무엇인지
'언론 자유'가 또 무엇인지
온몸으로 밀고 나가는 것만 같다
온몸 닿는 곳이면 더 밀고 나가야…
남북 군사분계선처럼
꽉 막혀 더 밀고 나갈 수 없으면
시의 마지막 행은 빈칸으로 남겨둘 때도 있다
　-아즉도 내 글 읽혀?

시 읽는 저녁

아마도 대학로쯤에서 서성거렸어
'시 읽는 저녁'
시도 시인도 골방에 처박혀 살아야만 하나
오랜만에 만나는 ㅎ시인도 있었고
ㄱ시인도 있었다
처음 만난 ㅇ시인도 있었어
술집 밖에서 ㅎ, ㅂ과 담배 피울 때
그 ㅇ시인이 죽비 움켜쥐듯
주먹 쥔 손으로
잔뜩 움츠린 내 어깨를 콱 내려쳤어
ㅇ의 주먹은 돌 같았어
ㅇ은 나보다도 한 살 더 먹은 여류시인이었어
순간 문학평론가 ㅎ이 생각났어
시는 본래 의기소침하거늘!
시인도 의기소침하거늘!
어깨 한번 쭈욱 편 적 언제?
헛바람 가득 든 술잔 들고
늦은 밤 허공의 심장을 쿡 찌를 때도 있었어

리어카가 보이는 창밖

리어카가 보이는 창밖
리어카를 천천히 밀고 가는 노인이 보였다
노인은 리어카보다 더 작았다
아주 작았다
그의 허리는 리어카보다 더 많이 굽었다
리어카 밀고 가는 노인은 할머니였다
리어카가 보이는 창밖
리어카 밀고 가는 할아버지를 본 적 없다 (있다)
대낮에
리어카를 밀고 가는 노인은 할머니들뿐이었다
리어카를 밀고 가는 우리 동네 노인들은
다 할머니였다
수락산역 근처 공원
장기판 주위에 할아버지들이 모여 있다
할머니들은 없다
오늘 밤 나는 우연히 만난 노인의 리어카를 끌고
동네 폐지 보관소까지 다녀왔다
하루하루의 삶이란
한 번만 하고 휙 돌아설 수 있는 게 아니다

잘못 걸려온 전화

비오는 날이 넘 좋아요
비 오는 날이면 이불 속에 쏙 들어가고 싶어요
인적 드문 민박집 같은 곳이면 더 좋아요…
−누구신데요
66 사이즈 원피스 입고 싶어요
−전화 잘못 걸었네요
여기는 광명하고 가깝고요 저는 혼자 살아요
비 오는 날 참 좋아해요
혹시 비 오는 날 좋아하세요
−빗소리 정도…
66 사이즈 하나 사줄 수 있나요
네?
그냥 속는 셈 치고 하나 사줄 수 없을까요
비 오는 날만 통화해요
−끊을 게요
쌔비

컵라면 혹은 산책

그의 하루 한 끼는 컵라면이다
한 끼 건너뛰어도
그는 컵라면을 포기하지 않는다
그가 포기하지 않는 게 또 하나
그는 단 하루도 산책을 포기하지 않는다
그의 산책은 오히려 집착에 가깝다
장마 중에도 산책을 한다
산책병자(散策病者)
그러나 산책은 그가 맨몸으로 할 수 있는
유일한 낙
그러나 그의 산책은 건강을 위한 것도
산책 동호회 내규도 아니고
숙면을 위한 것도 아니었다
단지 포기할 수 없는 습관일 뿐이다
무(無)목적적인 생활철학
그런 그가 내 시집 잘 읽었다고 문자를 남겼다
고맙다 해야 하나
수고 많았다 해야 하나

김춘수를 생각하다

1.
원주시립도서관 이후 한참 지난 다음
무릎 담요 속에 손 넣고 앉은
김춘수 선생을 멀리서 다시 보았다
불현듯 맨 뒤쪽에서도 잘 들렸던 말이 생각났다
시를 위해선 다 갖다 버려야 한다
마차도, 집도, 장서도
죄다 갖다 버렸다는
라이너 마리아 릴케

멀리서 어둠의 발뒤꿈치를 들고 바라보면
신념은 가볍고
상념은 무겁다
시가 되지 않아도 될 서산은 무겁고
시가 된 저녁노을은 가볍다
내 마음이 무겁지 않다고 가벼운 것은 아니다
시가 가볍다고 하여 무겁지 않은 것도 아니다

뭐든 견딜 수 있으면
견딜 수 있을 때까지
견딜 수 있을 때 견디는 것!

2.
멀리서 나직이 들리던 시 읽는 두 가지:
하나는 내용으로!
하나는 형식으로!

청마를 생각하다

청마의 빛바랜 전설 같은 풍문
술이든 차(茶)든 사람이든 그 어느 세상사든
청탁불문(淸濁不問)
생전에 시인 다섯 명과 찍은 사진을 보면
청마가 왜 청마인지
청마가 왜 한국문단에 한 획을 긋게 되었는지
옛 시인의 깊이를 다 짐작할 수 없지만
짐작한 만큼 알 것도 같은
흑백사진 한 장!

고작 중절모 하나 벗어 든 채
두 손을 단전쯤 고이 모으고
말없는 나무처럼 서 있는
다른 사진에선 간혹 뒷짐지고 먼 산을 쳐다보았는지
팔짱 꼈는지 중절모 뒤집어썼는지…

-요새 우리 남쪽 문단 풍경은 어떠하시오?
=망했어요!
-그 많은 시인들은 어디로 갔다는 거요?
=각자도생!

이윤기를 생각하다

모 출판사 회식 자리에서 소설가 이윤기를 만났다 빈틈 하나
없는 검객 같았다—아니다 전방 보병부대 현역 사단장 같았다—
그는 그날 그 출판사에서 막 나온 시집을 보더니 빛나는 칼처럼
즉각 한 마디 던졌다 "야 제목 좋다!" 술잔이 한 바퀴 돌자 내가
조심스럽게 시인 박정만이 불렀다는 노래에 대해 묻자마자 그는
그 자리에서 번개처럼 벌떡 일어나 그 노래를 불렀다 '들에는 들
국화~' 아주 굵고 선한 음색이었다 그 자리에서 불렀던 그 노래
는 패티김의 〈사랑의 계절〉이었고, 그날 제목 좋다는 그 시집은
박세현의 『사경을 헤매다』였다 그날 이후 그를 다시 볼 수 없었다
그는 칼처럼 번개처럼 떠났다

이승훈을 생각하다

그는 1980년대 중반 강릉에서 모 잡지사 주관 문학 강연을 앞두고 있었다 그 틈새 시간을 때우기 위해 그는 커피 한 잔과 또 엄청난 동해바다를 앞에 두고 있었다 바다와 커피 때문에 예정된 강연이 취소될 순 없겠지만 목하 바다와 커피는 그 강연을 다 삼켜버릴 것만 같았다 그러나 커피와 바다가 아무리 크게 입을 벌렸다 해도 그의 따분한 시간 앞에선 그저 해송 한 그루의 그림자 같은 '사물 하나'일 뿐이었다

그 따분한 시간조차 하나의 사물이 되는 순간이었다 모든 것은 그저 '사물 하나'였을 뿐이다 그러니 굳이 따분할 것도 급할 것도 없었다 어떤 관념조차 그저 뒤집으면 '사물 하나'가 되는 것이었다 영(嶺) 너머 그가 영 넘어와서 강연을 했다는 것도 '하나의 사물'이 되었고 '하나의 사건'이 되었다 그날 맨 뒷줄에서 강연을 끝까지 주목하던 분이 있었다 소설가 신봉승이었다 이런 일도 '하나의 사건'이 되었다는 것이다

신봉승을 생각하다

소설가 마르시아스 심의 주선으로 서울에서 글 쓰는 영동지방 작가들이 모였다 선생은 그즈음 인기리에 방영되던 도올의 〈노자 강의〉를 근황처럼 꺼내놓았다 그리고 방금 나온 시집을 참석자들에게 일일이 꺼내놓던 시인 이홍섭도 있었다 선생은 시인의 시집을 약간 높이 또 살짝 기울여 들고 크게 읊조렸다 『강릉 프라하 함흥』 역시 강릉에 크게 방점을 찍는 순간이었다 선생의 본심이 드러나던 순간이다

그날 밤 많은 작가들은 눈발 날리는 안목 바닷가쯤에서 술을 마시듯 술을 마셨고 선생은 더 많은 술을 내놓았다 마침내 그날 밤 밥값도 술값도 다 내놓으셨다 급기야 창밖의 함박눈까지 내놓으셨다 마치 조선 왕조의 어떤 거사를 치른 하룻밤 같은 날이었다 좀 다른 얘기지만 강릉에 '신봉승문학관'이 없다는 것도 궁색하지 않은가 이런 걸 어디다 대고 말해야 하나 선생의 종친회에다 말해야 하나 시청 민원실에 말해야 하나 아님 오거리쯤에다 플래카드 걸어야 하나

낙향한 친구에게

서울 모 공고 기계과 졸업하고
용접공하다
공무원 시험 봐서 읍사무소 다니다
군대 갔다 와서 사표 쓰고
철도청 댕기면서
모 야간 대학 졸업하고
4호선 지하철 노조
그리고 전노협 대의원…

17대 총선 민주노동당 후보 출마
낙선
18대 총선 무소속 출마
낙선
서울 모 구청장 민주노동당 후보 출마
낙선
낙선 거사 내 친구
국민학교 6학년 때 짝꿍이었던
낙향 거사 내 친구

도봉산 물소리 듣기

2020년 8월 11일 오후 8시부터 10시 사이
도봉산 입구 매창 시비 근처
역대급 긴 장마 끝에
'도봉산 물소리 듣기'
물소리 앞에 급히 모인 인근 주민 여섯 명
알바 막 끝나고 도착한 젊은 여자 두 명
커피 두 잔!
부처처럼 꼼짝 않고 혼자 앉아있는 중년 여자
가게 엎어버릴까?
대여섯 발짝 거리 두고 물가에 앉은 중년 여자
혼기 찬 자녀 생각?
혼자 물소리 듣다 돌아서던 마스크 쓴 여자
청승 떨긴?
중년과 중년 사이 육십대 중반 맨발의 여자
인생 별 거 없다우!

한곳에 모여 세차게 흐르는 계곡물 하나뿐인데
시원한 물소리 하나뿐인데
-남자들은 물소리도 안 듣고 어떻게 사시우?
=귀 먹은 지 몇 년 됐다우

사과 한 개

재래식 무기 밀거래 혐의
먼 나라 어느 사형수
사형 집행 전 부탁한 것
ㅡ사과 한 개!
그가 사과 한 개 씹는데
걸린 시간 3분 정도
그가 지상에서 했던
마지막 일
사과 한 알 천천히 씹는 것

여기까지 보면
아무 일이 없었던 것 같다
아무 일도 없었던 것 같다

그 자리에
그가 꼭 없어도 될 것 같고
그 자리엔
그가 꼭 있어야 할 것 같다

잠이 오지 않는 날도 있다

면벽 132

바람 불다 그쳤다 읽다 덮어둔 시집은
내일 읽을 것이다 시집을 읽다
덮어둔 적 없었는데 이른 아침부터
시벨리우스 우연히 만났고 시벨리우스 곁에
하루 종일 있었다 오늘은 가급적
시벨리우스에 집중해야 할 것 같다
시벨리우스는 우연한 인연이었다
오늘은 외로움도 이겨낼 것만 같다
아니다 견딜 것만 같다
아니다 즐길 것만 같다
방금 온수 마셨는데 온수가 아니라
냉수였다 냉수를 온수 생각하며 마셨다
늦은 오후엔 몇 해 전 던져 놓은
쉬캉성의 『노자평전』을 읽었다
오늘도 읽다 또 조금 남겨두었다
노자는 천천히 늙어가면서 읽는 것
내가 누구와 함께 사는 것 같다
거울 속 '나'를 한참 들여다보았다
―너는 누구냐?
―나는 누구냐?

가리방 소회(所懷)

그는 육이오 참전 용사다
그러나 생전에 육이오 애긴 꺼내지 않았다
오죽하면 총 한번 쏴봤냐고 물었더니
총 한번 쏜 적 없다고 했다
- 전쟁통에 총도 안 쏘고 뭘 하셨나?
= 가리방 긁었다
그는 심하게 굽어진 검지를 보여줬다
검지도 가리방도 보이지 않고 그의 굽어진 삶이 보였다

제2차 세계대전 중 전선에서 급하게 쓴
연합군 군의관들의 편지를 보면
무엇보다 필요한 것은 페니실린과
더 많은 진중문고(陣中文庫)였다
육이오 땐 진중문고는 없었어도
가리방 긁은 '진중신문'은 있었던 셈
당대 소설 등 빡빡 긁어다 또 긁었다는 가리방신문
전쟁통에 그닥 읽을거리 되었을라나
육이오 전 강릉 8사단 경리 하사관 지원 입대했지만
그 난리통엔
정훈부 소속으로 가리방만 긁고 또 긁었다는
일등중사 나의 아버지

손 편지
—팔당 물안개 공원에서

일행과 남한강 일대 물 보러 다녔다
물을 볼수록 더 심란한 것도 물 탓할 일만 아니다
물심일여
저 물도 많은 시처럼 뒤돌아보지 않고 흘러만 가는가
세상은 나도 모르는 사이 뒤집어졌다
더 뒤집어엎을 것도 없는(?)
시 밖에서도 시만 생각하는 날이 많다
사랑의 뿌리가 무엇인지

내 손에 물든 이 손 편지를 누가 읽으려나
무엇을 써도 아무도 읽지 않는다고?
글을 써야
이 삶을 살아낼 수 있는 걸 어쩌랴
저 물 위에서 고개 툭 떨어뜨린 채 깊은 상념에 젖은
왜가리? 혹은
시 언저리에 고개 툭 떨어뜨린 채
깊은 잡념에 빠진 나 같은 시인?
아님 고개 푹 숙인 채 물미나리 뜯던 저 중년 부부?
심란하면 그냥 심란하자
속고 나면 내가 살아내야 하는 삶이고
속지 않으려고 애쓰다 보면 남의 삶을 살아야 하는

먼 길을 돌아서
―노회찬을 생각하다

신경림 선생 초청 강연 이후
2차 호프집에서 그와 나는 생맥을 마셨다
그와 나는 갑장이었고
생일이 두어 달 빠르다고
대뜸 형이라 했다
오랜 만에 환호하고 작약하였다
나는 그의 노선을 지지했고
그의 과거를 생각했다

그날 그에게 받은 것은
점자(點字)가 뚜렷한 그의 명함이었고
내가 한 것은 고작 그날의 술값이었다
그의 지역구가
내 사는 동네와 겹칠 무렵이었다
그러나 그의 지역구는 언제나 전국구였다
이제 더 이상 '그'를 지지할 수 없다
그가 돌아간 길도
굳이 먼 길을 돌아서 간 것 같다

더 큰 목소리로
—김근태를 생각하다

오래 전 겁도 없이 저자 서명하여
에세이집 한 권을 국회 의원회관으로 보냈다
그러나 그처럼 학생운동을 주도하지 않았고
도피생활도 하지 않았고
수배자로 살지도 않았다
조직을 만들고 조직을 이끌지도 못했다
정국을 흔들고 전국을 뒤흔들지도 못했다
전기고문을 겪어보지도 못했고
양심수로 옥고를 겪은 적 없다

그러다 12월 어느 토요일
그가 촛불 하나 들고 광화문 광장에 있었다
조직도 없이 계파도 없이
혼자서 몇 마디 중얼거리고 있었다
어느 날 내 직장으로 전화를 걸었던
그 육성으로 더 큰 목소리로
한 번만 더 크게 들려주시면 안 됩니까?

나는 그를 두 번 만났다
한 번은 그의 육성 전화로 만났고
한 번은 작가회의 1일 주막 무대에서 같은 노래 부르면서

사랑의 뿌리

왼팔로 애기를 안은 젊은 애기 엄마가
마을버스 손잡이 꽉 잡은 오른손
힘줄도 핏줄도 뼈마디도
아주 또렷한 손
저 힘으로 세상을 살아가는 것
저 손으로 자식을 키우는 것

저 손으로 저 힘으로 영화도 보고 커피도 내리고 아침밥도 한
다 김밥도 말고 떡볶이도 만들고 샌드위치도 만든다 저 손으로
간호사도 했고 군인도 했고 조리사도 했다 저 힘으로 알바도 했
고 회사도 다녔고 첫째도 둘째도 다 키웠다 저 손으로 촛불도 들
었고 댓글도 달았다 저 손으로 대통령도 뽑았고 국회의원도 뽑았
다 저 힘으로 꿈을 꾼다